KB237347

문지스펙트럼

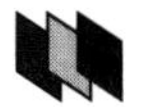

외국 문학선

2-024

유리 학사

세르반테스
김춘진 옮김

문학과지성사

외국 문학선 기획위원

김주연 / 권오룡 / 성민엽

문지스펙트럼 2-024

유리 학사

지은이 / 세르반테스
옮긴이 / 김춘진
펴낸이 / 채호기
펴낸곳 / 문학과지성사

등록 / 1993년 12월 16일 등록 제10-918호
주소 / 서울 마포구 서교동 363-12호 무원빌딩 4층 (121-838)
전화 / 편집부 338)7224~5 영업부 338)7222~3
팩스 / 편집부 323)4180 영업부 338)7221
홈페이지 / www.moonji.com

제1판 제1쇄 / 2003년 3월 28일

ISBN 89-320-1399-3
ISBN 89-320-1851-5 (세트)

ⓒ 김춘진

옮긴이와 협의하여 인지는 생략합니다.
이 책의 판권은 옮긴이와 문학과지성사에 있습니다.
양측의 서면 동의 없는 무단 전재 및 복제를 금합니다.

잘못된 책은 바꾸어드립니다.

유리 학사

차 례

유리 학사
El licenciado vidriera

토르메스 강변을 지나던 두 대학생 신사는 여남은 살쯤 되어 보이는 일꾼 차림새의 소년이 나무 그늘 아래 잠들어 있는 것을 보고 하인에게 그 소년을 깨우도록 했다. 소년이 잠에서 깨어나자 고향은 어디이며 또 무슨 이유로 외진 곳에서 자고 있는지 물었다. 그러자 소년은 고향 땅 이름은 잊어버렸으며 지금은 살라망카에 일자리를 찾아가는 중인데 만약 나으리가 자신에게 공부만 시켜준다면 나으리를 위해 일할 것이라고 대답했다. 그렇다면 글을 읽을 줄 아느냐고 묻자 소년은 글을 읽을 수 있을 뿐만 아니라 쓸 줄도 안다며 자랑스럽게 대답했다.

"보아하니 머리가 나빠 고향 이름을 잊어버린 것은 아닌 게로구나." 한 신사가 말했다.

“어쨌든 저의 고향과 부모님의 이름을 빛낼 때까지는 누구도 제 부모님이나 고향 이름을 알 수는 없을 겁니다.” 소년이 대답했다.

“그럼, 무슨 수로 고향과 부모님의 이름을 빛낼 생각이냐?” 다른 신사가 물었다.

“공부를 해 유명해져서요. 일개 촌부도 주교가 될 수 있다는 말을 들었거든요.” 소년이 대답했다.

이 대답은 소년을 함께 데리고 갈 만큼 두 신사를 감동시켰다. 그렇게 해서 소년은 대학에서 하인들을 위해 마련된 교육을 받게 되었다. 소년의 이름은 토마스 로다하[1]였으며 소년은 이름이나 차림새로 미루어 어느 가난한 농부의 자식일 것으로 여겨졌다. 두 신사는 토마스에게 검은색 옷을 입혔다. 토마스는 채 몇 주가 되기도 전에 보기 드문 재능을 보여주었다. 소년은 얼마나 충실하고 근면했던지, 오직 주인에게 봉사하는 데만 마음을 쓰는 것같이 보이면서도, 공부 또한 조금도 소홀히 하지 않았다. 하인의 훌륭한 봉사는 주인의 마음을 움직여 그를 잘 대해주게 하는 법이므로, 곧 토마스 로다하는 두 신사의 하인이 아니라 동반자가 되었다. 그들과 함께 세월을 보낸 지 8년 만에 토마스 로다하는 훌륭한 기지와 뛰어난 능력으로 대학가에서 유명해졌으며 모든 사

---

1) 작은 바퀴라는 뜻.

람들의 존경과 사랑까지 받게 되었다. 그가 주로 공부한 분야는 법률이었으나 가장 두각을 나타낸 분야는 인문학이었다. 그 뛰어난 기억력은 놀라울 지경이었고 이해력 또한 탁월해 기억력을 한결 더 빛나게 해주었다.

그러던 중 두 주인이 공부를 끝내고 고향으로 돌아가게 되었다. 그들은 안달루시아 지방에서 가장 유명한 도시 가운데 하나인 그들의 고향으로 토마스를 데리고 갔다. 토마스는 그곳에서 며칠을 함께 지냈으나 다시 살라망카로 돌아가 공부를 하고 싶은 생각에 견딜 수가 없었다. 마음에 들었던 그곳의 평온한 생활로 돌아가고 싶다는 생각에 사로잡혀 있었던 것이다. 그는 주인들에게 다시 살라망카로 돌아갈 수 있게 해달라고 간청했다. 이해심 많고 사려 깊은 주인들은 토마스의 청을 들어주었을 뿐만 아니라 3년간의 생활비까지 주는 호의를 베풀었다.

토마스는 감사의 뜻을 전하고 주인들의 고향 말라가를 떠났다. 안테케라 길[2]을 따라 삼브라 고개를 내려가다가 그는 말을 타고 지나가는 현란한 군복 차림의 한 신사와 마주쳤다. 말을 탄 두 명의 하인이 그 신사를 따르고 있었다. 우연하게도 목적지가 일치하게 되자 토마스는 그를 동료 삼아 이런저런 이야기를 나누며 동행하게 되었다. 짧은 시간이었지

---

2) 말라가로부터 톨레도로 이어지는 옛 길.

만 토마스는 자신의 보기 드문 재능을 드러냈으며, 신사 역시 대범한 성격과 세련된 행동을 보여주었다. 신사는 자신이 국왕 친위 보병대의 대장이며 자기 휘하의 소위가 현재 살라망카 땅에서 보병을 모집하고 있다고 말했다. 그리고는 곧 군대 생활을 예찬하고 아름다운 나폴리 시, 한가로운 팔레르모, 풍요로운 밀라노, 롬바르디아의 향연, 여인숙의 훌륭한 음식에 대해 매우 생생하게 묘사하기 시작했다. 또한 그는 "주인장, 준비하게. 꼬마야 이리 오너라. 간 고기단자, 닭고기, 마카로니를 가져오너라" 하는 말 등을 이탈리아어로 부드럽고 정확하게 흉내 내었으며 자유로운 군대 생활과 이탈리아의 자유에 대해 찬사를 쏟아놓았다. 하지만 그는 보초병이 겪는 혹한이나 습격의 위험, 전쟁의 공포, 해질녘의 허기, 폐허가 된 광산 등에 대해서는 조금도 언급하지 않았다. 그런 것들을 군대 생활에서 겪는 고통의 일부로 여기고 참아내는 이들이 있으며, 오히려 그런 일들이 군대 생활에서 겪게 될 주된 일임을 이야기하지 않았던 것이다. 무수히 많은 것들에 대해 얼마나 좋게 말했던지 신중한 토마스 로다하도 결국 흔들리기 시작했으며 죽음의 그림자가 드리워진 그러한 삶에 호감을 느끼기 시작했다.

돈 디에고 데 발디비아라고 불리는 그 대장은 토마스의 훌륭한 외모와 재능, 쾌활함에 매우 흡족해하며 자신과 함께 이탈리아로 동행할 것을 청했다. 그는 토마스에게 적절한 지위를 마련해줄 것과 필요하다면 깃발까지도 제공할 것을 약속했다. 곧 한 소위가 깃발을 내놓게 된다는 것이었다.[3]

토마스는 이탈리아와 플랑드르 또 그 밖의 다른 지역들을 여행해보는 것이 좋을는지 잠시 생각해보고 나서 곧 그 제안을 받아들였다. 긴 순례는 인간에게 분별력을 줄 것이며, 자기는 아직 나이가 어리므로 길어야 서너 해 정도의 공백은 공부를 다시 시작하는 데 그다지 방해가 되지 않을 것이라고 생각했다. 토마스는 모든 것이 자기가 원하는 대로 된다고 하니 기꺼이 이탈리아에 함께 가겠다고 대답했다. 하지만 자신은 특정한 깃발을 따르고, 그것을 계속 따르도록 강요받고 싶지 않으므로 자신의 이름을 병적에 올리지 말아달라는 조건을 제시했다. 그러자 대장은 부대에 원조와 급료를 받기 위한 것일 뿐 이름을 병적에 올리는 형식은 전혀 중요한 일이 아니라며 필요할 때에 부탁만 하면 무엇이든 허가해주겠다고 답했다. 하지만 토마스는 한사코 자신의 고집을 꺾지 않았다.

"그것은 저의 양심과 대장님의 양심에 반하는 일이 될 것입니다. 그러므로 저는 얽매여 가기보다는 자유롭게 가고 싶습니다."

"그토록 섬세한 양심은 군인보다는 성직자에게 더 어울리

---

3) 징병 모집 시 소위는 깃발을 맡아 들고 다녔으며 숙박 시에는 숙박하는 집 문에 기를 꽂아 지원자들에게 등록하는 곳을 알렸다.

는 것이라오. 하지만 당신이 원한다면 당신 뜻대로 하기로 하고…… 자, 이제 우린 동료가 된 거요." 돈 디에고가 말했다.

그날 밤 그들은 안테케라에 도착했다. 며칠간 긴 행군 끝에 이미 모집이 끝나 카르타헤나로 행군하기 시작한 보병대에 그들은 합류했다. 그들과 네 개의 다른 보병대는 아군 수중에 들어온 장소에 숙영했다. 토마스는 그곳에서 장교들의 권위, 상대하기 까다로운 몇몇 대장들, 여인숙 주인들의 장삿속 빠른 호의, 돈을 지불하는 사람들의 잇속과 속임수, 주민들의 불평, 사영권 되팔기, 신참자들의 건방짐, 손님들 간의 싸움질, 필요 이상의 군용 물자를 청구하는 것 등을 경험하게 되었다. 그리고 마지막 경험으로 그가 눈여겨보고 나쁘다고 생각한 이 모든 행위들을 할 수밖에 없는 절실하기까지 한 필요성에 대해서도 배웠다.

토마스는 학생복을 벗어버리고 호화롭고 용맹스런 군인의 복장을 하게 되었으며 가지고 있던 많은 책들 중 『우리 성모님의 시간』과 주석이 달려 있지 않은 『가르실라소』[4]라는 책만이 남았는데 그 책들을 옆구리에 차는 두 개의 주머니에 넣어 가지고 다녔다. 부대는 예상했던 것보다도 빨리 카르타헤나에 도착했다. 군대에서의 생활은 폭넓고 다양했다. 그것은 매일매일 새롭고 즐거운 일들과 부딪혀야 했기 때문이었다.

---

4) 16세기 스페인의 대표적 서정시인.

카르타헤나에서 병사들은 네 척의 나폴리 갈레라선에 나누어 탔다. 토마스는 바닷가를 따라 형성된 어촌 마을의 기묘한 생활에 대해 알게 되었다. 거의 항상 귀찮게 구는 사람들이 치근대고, 도형수들이 도둑질을 하고, 선원들이 성질을 부리고, 쥐들은 갉아 부숴댔으며, 파도 소리가 끊임없이 들려왔고, 거대한 폭풍과 풍랑은 공포를 느끼게 했다. 레온 만에서는 두 차례 폭풍을 만났는데, 한 번은 파도에 떠밀려 코르세가까지 밀려갔고, 또 한 번은 프랑스의 툴롱으로 되돌아오기도 했다. 병사들은 바닷바람에 핼쑥해진 얼굴에 시꺼먼 기미가 낀 채였지만 안전한 항구에서 하선해 교회를 방문한 다음 대장의 인솔로 찾은 숙박지에서 호화로운 잔치로 앞서 겪었던 풍랑의 공포와 고생을 잊었다.

그곳에서 그들은 다양한 포도주의 맛, 즉 트레비아의 부드러움을, 몬테프라스콘의 진가를, 아스페리노의 강렬함을, 두 가지 그리스산 포도주 칸디아와 소마의 온화함을, 싱코비냐의 위대함을, 세뇨라구아르나차의 달콤함과 편안함을, 첸톨라의 거칢을 맛볼 수 있었다. 이들 중 어느 것도 로마네스크식 천박함 같은 것은 없었다. 주인은 그토록 종류가 다양한 가지각색의 포도주들에 대한 느낌을 달변으로 지껄여댔으며 지도에 그려진 것이 아닌데도 속임수 쓰는 법 없이 실제로 그곳이 진짜 마드리갈, 코카, 알라에호스, 왕도(王都) 포도주가 아닌 황도(皇都) 포도주나 웃음의 신의 방으로 여겨질 정도의 기막힌 포도주들이 제공되었다. 에스키바, 알라니스, 카사야, 과달카날, 멤브리야, 그리고 리바다비아와 데스카르 가마리아의 포도주들도 잊지 않고 내어져왔다. 주인은 더 많은 포도주 이름을 불러대면서 디오니소스 신의 술창고에나 있을 법한 많은 술들을 가져왔다.

금발의 우아한 제노바 여인들, 남자들의 늠름한 풍채, 금에 박힌 다이아몬드처럼 바위산 속에 집들이 박혀 있는 것 같아 보이는 도시의 빼어난 아름다움 또한 토마스를 놀라게 했다. 다음날 피아몬테로 가기로 되어 있던 전 보병대가 배에 올랐지만 토마스는 뱃길 여행을 하고 싶지 않았다. 그는 육로를 통해 로마와 나폴리로 가고 싶어했다. 그래서 위대한 베네치아와 로레토를 통해 밀라노와 피아몬테로 돌아가기로 했고, 돈 디에고 데 발디비아는 그들이 플랑드르로 떠나기 전에만 도착한다면 토마스와 합류하도록 피아몬테에서 만날 수 있게 하겠다고 말했다.

그로부터 이틀 후 토마스는 대장과 헤어졌고 그로부터 닷새 만에 플로렌시아에 당도했다. 우선 작지만 아주 잘 가꾸어진 도시 루가에 가보았다. 이탈리아의 다른 곳보다 마음에 들었던 그곳에서는 스페인 사람들을 좋게 보고 그를 환대해 주었다. 그 정결함과 화려한 건물들, 시원한 강과 평온한 거리들뿐만 아니라 지리적으로 최적소에 위치한 플로렌시아는 그를 매우 만족시켜주었다. 그곳에서 나흘을 머물고, 도시들 중 여왕이자 세계의 주인인 로마로 출발했다. 사원들을 방문하고 그곳의 유적들에 넋을 잃었으며 그 위대함에 감탄했다. 발톱을 보고 사자를 알아보듯이 운명의 위대함과 잔혹한 역사에 대해서도 알게 되었다. 부서진 대리석과 절반만이 혹은 온전한 형태로 살아남은 부서진 아치와 무너진 대중 목욕탕, 놀라운 회랑들과 거대한 원형 극장들, 주변을 항상 물로 가득 넘치게 하면서 강가의 묘지에 묻힌 성인들의 육신이 남긴 숱한 유물들로 성역화된 유명한 강을 통하여 로마의 발톱을 보았던 것이다. 또 서로 바라보고 있는 것같이 보이는 다리들, 이름만으로도 세계 다른 도시의 모든 거리들에 비해 권위를 갖는 그곳의 아피아, 플라미니아, 훌리아, 그리고 또 다른 거리들을 통해서도 로마의 숨겨진 발톱을 발견했다. 산의 이름을 셀리오, 키리날, 바티카노에다가 로마의 위대함과 위엄을 나타내는 이름을 가진 다른 네 개의 산으로 구분하는 것에 대해서도 속으로 무척 감탄했다. 또한 추기경 학교의 권위와 로마 교황의 위엄을 보았으며 무수한 사람들과 민족들이 운집하는 것과 그 다양함도 알게 되었다. 그는 그런 것들을 보고, 깨달았으며, 정확히 이해했다. 일곱 교회 구역을 돌아다닌 후 고해 사제에게 고해를 하고, 끊임없이 아뉴스데이와 묵주 기도를 되풀이하는 교황 성하(聖下)의 발에 입 맞추고 나서, 나폴리로 향하기로 결심했다. 그때는 로마로 들어가는 사람이나 로마에서 나오는 사람들 모두에게 나쁘고

해가 되는 변화의 시기였기 때문이었다. 지금껏 육로로 다녔으므로 해로를 통해 나폴리로 갔을 때 거기에서는 로마를 보고 느낀 감탄에 나폴리를 보는 감탄이 더해졌다. 그는 물론, 그곳을 본 모든 사람들에게 나폴리는 유럽뿐만 아니라 전세계에서도 제일가는 도시였다.

그러고 나서는 시칠리아로 가서 팔레르모를 본 후 메시나에 갔다. 팔레르모는 안전함과 아름다움이, 항구인 메시나는 섬 전체의 풍족함이 마음에 드는 것 같았다. 사실대로 메시나는 이탈리아의 곡창이라 불렸다. 그는 나폴리와 로마로 돌아와서 누에스트라 세뇨라 데 로레토 성지(聖地)에 갔다. 그곳의 성스러운 교회에서는 벽이나 성채를 볼 수 없었다. 온통 물레타와 수의, 쇠사슬, 족쇄, 수갑, 가발, 타다 만 토막초, 그림과 성화로(聖火爐) 같은 것들로 덮여 있을 뿐이었다. 성화들은 성모 마리아의 중재로 하느님으로부터 받은 무한한 은총과, 엇비슷한 문양의 태피스트리로 자신들의 집 벽을 장식해둔 가난한 사람들이 성모에게 바친 헌신에 대한 보답으로 지극히 성스러운 성모상이 무수한 기적을 일으켜 위대함과 권위를 증거하신다는 내용을 그린 것이었다. 그는 하늘과 모든 천사와 영원한 거처의 모든 거주자들이 보고 이해하지 못했다는 가장 높고 중요한 사절에 대해 얘기되는 바로그 방과 거실을 보았다.

그는 안코나에서 배를 타고 베네치아로 갔다. 콜럼버스가 세상에 태어나지 않았더라면 세상에 베네치아에 필적할 도시는 없었을 것이다. 하늘의 은혜로 그리고 위대한 멕시코를 정복한 에르난 코르테스 덕분에 대 베네치아는 어떤 식으로든 경쟁할 자를 갖게 되었다. 유명한 두 도시는 거리들이 흡사했는데 두 도시의 거리는 모두 물로 이루어져 있었다. 유럽의 베네치아가 고대 세계의 경탄을 자아낸다면 아메리카의 멕시코는 신세계의 경이로움을 자아내는 것이었다. 부는 무한했고 정부는 사려 깊었으며 난공불락의 지세에 위치했고 많은 것이 풍족했으며 주변은 쾌적했다. 그곳은 전체로 보나 부분부분으로 보나 전세계에 알려진 그 명성에 합당해 보였다. 갈레라선과 다른 배들을 엄청나게 만들어내는 이름난 조선소의 커다란 건물이 이런 사실을 신뢰할 수 있다는 근거를 제공해주었다.

우리의 호기심 많은 주인공이 베네치아에서 찾은 선물들과 오락거리들은 칼립소가 제공하는 것처럼 그로 하여금 처음의 의도를 잊어버리게 할 뻔했다. 그러나 그곳에서 한 달을 머문 후 페라라, 파르마, 플라센시아를 거쳐 무기 생산으로 유명해 불카노의 사무실이라 불리는 도시, 프랑스 왕국의 원한이 서린 밀라노로 돌아왔다. 밀라노는 위대한 도시와 사원, 사람들이 살아가는 데 필요한 것들이 놀랄 만큼 풍요로운 도시로 유명한 곳이었으며 사람들은 그곳을 가리켜 무엇이든 말만 하면 만들어내는 곳이라고들 했다. 그리고 토마스는 그곳에서 아스테를 향했는데 제때에 도착하여 때마침 이튿날 플랑드르로 떠날 보병대에 합류하게 되었다.

그는 친구인 대장으로부터 지극한 환대를 받았다. 그리고 그와 함께 플랑드르를 거쳐 안트웨르펜에 당도했다. 그곳은 이탈리아에서 본 도시들만큼이나 놀라운 곳이었다. 그는 강트와 브뤼셀을 보았으며 나라 전체가 다가오는 여름에 전쟁에 나가도 될 만큼 모든 무기가 준비되어 있다는 것을 알았다.

그를 충동질했던 욕망이 채워지자 그는 다시 스페인의 살라망카로 돌아가 공부를 마치기로 결심했다. 그의 결심을 곧 실행에 옮기려 하자 대장은 매우 섭섭해했다. 스페인으로 떠나려 할 때 대장은 스페인에 도착하는 대로 건강은 어떤지, 도착은 잘했는지, 돌아가는 길은 어떠했는지 등에 대해 소식을 전해달라고 간곡히 당부했다. 토마스는 그렇게 하겠다고 약속한 다음 내란 중에 있던 파리를 거치지 않고 프랑스의 다른 지방을 통해 스페인으로 돌아왔다. 살라망카에 도착하자 친구들은 그를 반갑게 맞아주었다. 친구들의 도움으로 공부를 계속해 마침내 법학 학위를 받게 되었다.

그러던 중, 산전수전 다 겪은 수완 좋은 한 여자가 그 도시에 나타났다. 얼마 후 그곳의 모든 새들이 미끼에 달려들듯, 그 여자를 찾아가보지 않은 학생이 없을 지경에 이르렀다. 친구들은 토마스에게 그 여자가 이탈리아와 플랑드르에도 간 적이 있다고 하더라는 말을 했다. 그는 혹시 안면이 있는 여자인지 알아보려고 그녀를 찾아갔는데 여자는 보자마자 첫눈에 그에게 반해버렸다. 그러나 토마스는 그 사실을 눈치채지 못했고, 부득이한 경우가 아닌 이상 다른 사람들과 함께가 아니고는 그녀의 집에 들어가려 하지 않았다. 그러자 안달이 난 그녀는 자기가 가진 재산을 그에게 주겠다며 사랑을 고백했다. 하지만 그는 다른 어떤 욕망들보다도 책에 더 마음을 썼기에 어떤 식으로도 여자의 욕망에 응하지 않았다. 자기를 무시하고 멀리하는 데다가 평범한 방법으로는 그의 바위 같은 의지를 꺾을 수 없다고 생각한 여자는 자신의 욕망을 채울 수 있는 더 효과적인 다른 방법을 찾기로 했다. 그래서 어느 한 무어족 여인의 충고대로 사랑의 묘약이라는 최음제를 톨레도식 마르멜로 과자에 넣어 토마스에게 먹이기로 했다. 그리고는 자신을 사랑하는 마음이 생기게 하는 약을 그에게 주는 거라고 믿어 의심치 않았다. 세상에는 자유의지를 강요할 약초도, 요술도, 충분한 말도 없는 법이기에 사랑의 묘약이 들어 있다는 것은 독약이라 불러 마땅한 것이 여러 경우들에서 나타나듯이 그 약이 하는 일이란 그것을 먹는 이에게 독을 주는 일인 것이다.

마르멜로를 먹는 순간 토마스는 경련을 일으키는 듯했고 손발에 통증을 느끼기 시작했으며 오랫동안 정신을 잃었다. 나중에 정신을 차렸을 때는 바보가 되어버린 듯 혀가 꼬인 소리로 자신이 먹은 마르멜로가 자신을 죽게 했다고 더듬거리며 자신에게 그것을 준 사람이 누구인지를 밝혔다. 이 일을 전해 들은 재판관은 범인을 찾으러 나섰다. 하지만 이미 그 여자는 일이 틀어져버린 것을 알고 안전한 곳으로 도망가 다시는 나타나지 않았다.

토마스는 병상에 있는 여섯 달 동안 비쩍 말라 뼈만 남게 되었다. 판단력을 모두 잃어버린 것같이 보였으며, 가능한 모든 조치를 취해도 육신의 병만 고쳐질 뿐 그의 분별력은 되돌아오지 않았다. 비록 건강을 되찾기는 했지만 그때까지 듣도 보도 못한 기묘한 광기에 사로잡히게 되었던 것이다. 불쌍하게도 그는 자기 몸이 온통 유리로 되어 있다고 생각하기에 이르렀다. 이 때문에 누군가가 다가오면 끔찍한 소리를 지르며, 깨어질지도 모르니 자기에게 다가오지 말라며 논리정연한 말로 애원하는 것이었다. 정말로 자기는 다른 사람들과 달라서 머리끝부터 발끝까지 온몸이 유리로 되어 있다고 말했다.

이런 이상한 상상으로부터 깨어나게 하기 위해, 그의 비명과 애원을 무시한 채 많은 사람들이 수차례나 그를 껴안았다. 그러면서 깨어지지 않는 자신의 모습을 보라고 말했지만, 그에겐 아무 소용이 없었다. 그는 소리소리 지르며 바닥에 쓰러져 기절했다가 네 시간 만에야 제정신이 들곤 했다. 제정신이 돌아오면 그는 두 번 다시 자기에게 다가오지 말아 달라며 애원을 했다. 자신과 거리를 두고 말하라고 하면서,

자신은 육체가 아니라 유리로 된 인간이어서 모두에게 어떤 물음이든 가장 현명하게 대답할 수 있으니 묻고 싶은 것은 무엇이든 물어보라고 이야기했다. 유리는 섬세하고 민감한 물질로 되어 있으므로, 흙으로 빚어진 무거운 육신을 통해서보다 자기처럼 유리로 된 몸에서 영혼이 더 신속하고 효과적으로 작용할 수 있다는 것이었다.

과연 그의 이야기가 사실인지 시험해보고 싶어하는 이들이 어려운 질문을 수없이 해대기 시작했다. 그러자 그는 질문들에 대해 기지가 번득이는 말로 즉각즉각 대답했다. 자신의 몸이 유리로 되어 있다고 생각하는 그토록 기이한 광기를 가진 자가 그 모든 질문에 그렇게 독창적이고 기지에 찬 대답을 할 수 있는 뛰어난 분별력을 지닌 것을 보고 대학의 가장 학식 있는 사람들과 의학과 철학 교수들도 감탄을 금치 못했다.

토마스는 깨지기 쉬운 유리그릇과 같은 자신의 몸을 감싸 줄 것을 요구했다. 몸에 꼭 맞는 옷을 입다가는 자신의 몸이 깨질 거라고 했다. 그래서 사람들은 그에게 어두운 색의 아주 큰 저고리를 주었다. 그는 그 옷을 아주 조심스럽게 입은 후 무명 끈으로 옷을 동여맸다. 또한 그는 절대 신발을 신으려 하지 않았다. 사람들이 먹을 것을 줄 때도 그들의 접근을 막았으며 그가 주문하는 것은 단지 막대기 끝에 매달린 요강 안에 제철 과일을 놓아두라는 것이었다. 그는 고기도 생선도

원치 않았으며 분수나 강에서가 아니면 어느 곳에서든 물도 마시지 않았다. 또한 물은 항상 손으로 받아 마셨다. 거리를 지나갈 때는 지붕에서 기와가 떨어질까 두려워 지붕을 쳐다보며 길 한가운데로 지나다녔다. 여름에는 하늘이 훤히 보이는 들판에서 잠을 잤고, 겨울에는 주막의 헛간에 들어가 밀짚 속에 목까지 파묻은 채 잠을 잤다. 그는 그렇게 하는 것이 유리로 된 인간에게 가장 적절하며 그것이 제일 안전한 침대라고 말했다. 천둥이 칠 때면 수은 중독에 걸린 사람처럼 오들오들 떨며 들판으로 뛰쳐나가서는 태풍이 지나갈 때까지 마을로 돌아오지 않았다.

그의 친구들은 오랫동안 그를 가두어두었다. 하지만 점점 병이 악화되는 것을 보고 그의 애원대로 자유로이 돌아다니도록 내버려두기로 했다. 그는 풀려나자마자 도시로 나갔고, 그를 알고 있던 모든 사람들은 그에게 경탄과 동시에 동정심을 느꼈다.

장난꾸러기 소년들은 그를 따라다녔다. 그러나 그는 막대기로 그들을 제지하며 자신이 깨어지지 않도록 멀리 떨어져서 이야기하라고 애원했다. 자신은 유리인간이므로 매우 약하고 깨어지기 쉽다는 것이었다. 하지만 세상에서 가장 심술궂은 세대인 소년들은 그렇게 애원하고 소리를 질러대는데도 아랑곳하지 않고 그에게 헝겊 조각을 던지기 시작하더니 심지어는 유리로 되어 있다는 그의 말이 사실인지 알아보려고 돌까지 던지기 시작했다. 그가 얼마나 소리를 지르고 심한 반응을 보였던지 어른들은 소년들을 꾸짖고 벌하며 그렇게 장난을 치지 못하게 했다.

그러던 어느 날 소년들이 너무도 귀찮게 구는지라, 그는 돌아서며 이렇게 말했다.

"파리처럼 끈덕지고, 빈대처럼 더럽고, 벼룩처럼 물불을 가리지 않는 녀석들아, 나한테서 도대체 바라는 게 뭐냐? 내가 무슨 로마의 테스타쵸 산[5]이라도 되는 줄 아는 거냐? 내게 그렇게 그릇 조각과 기와 조각을 던져대게?"

언제나 많은 사람들은 이런 재치 있는 대답을 들으려고 따라다녔으며, 소년들도 그에게 무얼 던지는 것보다 그의 말을 듣는 것이 더 낫다고 생각하게 되었다. 한번은 살라망카의 한 옷가게에서 옷장수 여인이 그에게 말했다.

"학사님, 당신이 불행해 보여 마음이 아파요. 하지만 울 수도 없으니 어떻게 해야 하죠?"

그러자 그는 그녀에게 돌아서서 매우 신중하게 말했다.

"예루살렘의 딸들아, 나를 위해서가 아니라 너희 자신과 너희 자식들을 위해서 울라."[6]

---

5) 로마의 다섯 개 인공 산 중 하나로 사기그릇, 기와, 벽돌 조각 등으로 이뤄짐.
6) 누가복음 23장 28절.

이 말을 들은 옷장수 여인의 남편이 말에 담긴 악의를 알아채고 그에게 말했다.

"유리 학사님"(그를 그렇게 불렀다), "당신은 미쳤다기보다는 교활한 것 같군요."

"바보가 아니라면 어느 것이든 내겐 별로 중요하지 않소." 그는 이렇게 대답했다.

그러던 어느 날 누추한 어느 사창가를 지나다가, 사창가 여자들이 여러 명 문 앞에 서 있는 것을 보았다. 여자들에게 지옥의 주막에 묵고 있는 사탄 군대의 군용 화물들이라고 말했다.

또 어떤 이는 친구의 아내가 외간 남자와 눈이 맞아 도망쳐서 자신의 친구가 매우 슬퍼하고 있는데 어떤 충고나 위안의 말을 해줄 수 있겠느냐고 물었다.

그러자 이렇게 대답했다.

"집에서 원수를 데려가도록 허락해주신 것에 대해 하느님께 감사하라고 말해주시오."

"그러면 아내를 찾아 나서지 말아야겠소?" 다른 사람이 말했다.

"절대로 그렇게 해선 안 되오." 유리 학사가 대답했다. "찾아 데려온 그런 여자는 남편이 당한 불명예의 진정한 증거로 영원히 남게 될 것이오."

"그렇다면" 그 사람이 다시 물었다. "아내와 사이좋게 지

내려면 어찌하는 것이 좋겠소?"

유리 학사는 대답했다.

"아내가 원하는 것을 해주시오. 아내가 당신 집 안의 모든 것을 마음대로 하도록 내버려두되, 당신을 마음대로 하는 일은 없게만 하시오."

한 소년이 그에게 말했다.

"유리 학사님, 난 아빠한테서 도망치고 싶어요. 쉴새없이 날 매질하거든요."

소년에게 대답했다.

"사형 집행인의 매질은 수치심을 불러일으키지만 아버지의 매질은 자식에게 명예를 가져다준다는 걸 명심해라, 꼬마야."

어느 교회 문 앞에 이르렀을 때 뼈대 있는 구(舊) 기독교도임을 언제나 자랑으로 여기는 자들 중 한 농부가 그곳으로 들어가는 것을 보았다. 그의 뒤로는 앞서의 사람처럼 그렇게 자랑스러워하지는 않는 사람이 오고 있었다. 학사는 농부에게 큰 소리로 말했다.

"토요일이 지나가도록 일요일은 기다리라."[7]

---

7) 구 기독교인은 원래부터 기독교를 믿어온 스페인인들을 가리키며 신분 보장을 받는 반면, 유대교에서 개종한 기독교인은 항상 신앙심을 의심받았고 신분상 사회적 편견과 불이익을 면할 수 없었다. 토요일은 유대교의 안식일이다.

학교 선생들에 대해서는 행복한 사람들이라고 말했다. 언제나 그들은 천사들을 상대하기 때문이며 그 아기 천사들이 코흘리개가 아니라면 더 행복할 것이라고 했다. 어떤 이가 그에게 뚱쟁이에 대해선 어떻게 생각하느냐고 묻자, 뚱쟁이들은 멀리 있는 사람들이 아니라 이웃이라고 대답했다.

카스티야 전역에 그의 광기와 명석한 대답 그리고 뛰어난 말재주에 대한 소문이 퍼지기 시작했다. 그 소문이 왕궁의 어느 대공인가 하는 귀족에게도 전해지자 귀족은 그를 보고 싶어했고 살라망카에 있던 한 친구 기사에게 그를 자기한테 데려와달라고 부탁했다. 그렇게 해서 그를 만나게 된 기사가 말했다.

"유리 학사, 궁정에 계신 귀한 분께서 당신을 만나고자 하여 나를 보내셨소."

그러자 그는 이렇게 대답했다.

"그분께 용서를 구해주십시오. 저는 궁정엔 어울리지 않습니다. 저는 염치가 있어 아첨할 줄도 모르기 때문입니다."

이런 말에도 불구하고 귀족은 그를 궁정으로 데리고 갔다. 그를 데려가기 위해 유리를 운반할 때처럼 짚으로 만든 운반용 바구니를 만들어 태우고, 바구니 양쪽에 돌을 얹어 무게 중심을 이루게 한 후, 짚 사이에 유리 몇 개를 끼워 넣어 유리로 된 잔을 운반하고 있는 것처럼 보이게 했다. 바야돌리드에 들어간 것은 밤이 되어서였다. 그는 자기를 데려오라고 한 대관의 집에 도착한 후 광주리에서 꺼내졌다. 대관은 그를 크게 환대하며 말했다.

"잘 왔소, 유리 학사. 여행길은 어떠했소. 건강은 어떻고?"

그 말에 그가 대답했다.

"교수대로 가는 길이 아니라면 끝이 있는 길치고 나쁜 길이란 없습니다. 건강으로 말하자면 보통입니다. 목덜미에서 맥박이 끊임없이 뛰고 있으니까요."

하루는 수많은 횃대에 무수한 매와 새매, 그리고 다른 사냥용 새들이 앉아 있는 것을 보았다. 그는 매 사냥은 대공과 지위가 높은 귀족들에게는 합당한 것이지만 한 사람의 기쁨을 위해 2천 명 이상의 희생이 요구된다는 것을 알아야 한다고 했다. 토끼 사냥은 매우 즐거우며 빌려온 사냥개로 사냥할 때는 그 즐거움이 더하다고 했다.

대관은 그의 광기를 마음에 들어했으며, 소년들이 그를 못살게 굴지 못하도록 보호할 남자를 하나 딸려 보내며 시내 외출을 허용했다. 그런 지 엿새 만에 소년들과 궁정 전체가 그를 알게 되었다. 지나가는 곳마다, 거리마다, 어느 모퉁이에서나 그는 자기에게 던져지는 모든 질문에 대답했다. 그 중 어느 학생이 그에게 시인이냐고 물었다. 그에겐 모든 것을 할 수 있는 재능이 있는 것 같아 보였기 때문이었다.

학생에게 대답했다.

"지금까지 난 그렇게 얼이 빠진 적도, 또 그렇다고 그렇게 행복한 적도 없었다네."

"얼이 빠졌다는 것은 무슨 뜻이고, 또 행복하다는 것은 무슨 뜻입니까?" 학생이 말했다.

유리 학사가 대답했다.

"나쁜 시인처럼 얼이 빠진 적도, 또 좋은 시인에게 어울릴 만큼 행복했던 적도 없다는 말이네."

그러자 또 다른 학생이 그에게 시인들을 어떻게 생각하느냐고 물었다. 그는 대답하기를 시는 학문으로서 높이 평가하지만 시인은 높게 평가하지 않는다고 말했다. 왜 그렇게 생각하느냐는 물음에, 시인은 많이 있지만 그들 중에서도 좋은 시인은 너무 적어 꼽아볼 것조차 없기 때문이라고 대답했다. 그렇게 시인이 없으니 시인을 높이 평가할 수는 없지만, 시라는 학문은 그 속에 모든 다른 지식을 담고 있으므로 우러러보고 존경한다고 대답했다. 또한 시는 모든 것을 소재로 삼고, 모든 것으로 수식되고, 게다가 경이로운 작품들을 연마해 세상에 내놓으니 세상을 유용함과 기쁨, 그리고 놀라움으로 채우기 때문이라고 했다.

그는 이렇게 덧붙였다.

"나는 훌륭한 시인을 높이 사야 한다는 것을 잘 알고 있소. 오비디우스의 다음과 같은 시구를 기억하고 있기 때문이오.

언젠가 시인들은 신과 왕들의 즐거움이었고
옛 노래들은 막대한 보수를 상으로 받았다.
그래서 시인들은 성스럽게 존경받았고 숭배할 만한 이름을
지녔었다.
그들에게는 자주 풍요로운 부가 내려졌다.

또한 시인들의 높은 자질 또한 잊지 않고 있소. 플라톤은
그들을 신의 통역관이라 불렀고, 오비디우스는 그들에 대해
이렇게 말하고 있소.

우리들 속에 한 신이 있어 그가 우리를 충동질하고 흥분시킨다.

그리고 이런 말도 있소.

그러나 우리 시인들은 예언가요 신의 사랑을 받는 자들로 불
린다.

이는 좋은 시인들에 대해서 하는 말이오. 나쁜 시인들과
수다쟁이들에 대해서는 세상의 어리석음이자 오만함이라는
것 외에 무슨 말을 더 할 수 있겠소?"
그리고 이렇게 덧붙였다.
"그들이 자기를 둘러싸고 있는 사람들에게 소네트를 읽어

주는 것을 보면 어떤 줄 아시오? 이렇게 너스레를 떨지요. '어젯밤에 내가 어쩌다가 지은 소네트를 들어보십시오. 별 가치는 없지만, 어딘지 모를 아름다운 구석이 있습니다.' 그러면서 입술을 뒤틀고 눈썹을 둥그렇게 치켜뜨며 주머니를 뒤적거립니다. 그리고 수천 개의 소네트가 적혀 있는 때 묻고 반쯤 찢어진 수많은 종이 가운데 이야기하고자 하는 것을 꺼냅니다. 그리고 달콤하고 으스대는 부드러운 목소리로 읽는 겁니다. 만약 듣고 있는 사람들이 뱃속이 검어서인지 아니면 못 알아들어서인지 칭찬을 하지 않으면 그는 이렇게 말합니다. '시를 이해하지 못하신 겁니까? 아니면 내가 당신들에게 제대로 읽어주지 못한 겁니까? 그러면 다시 한 번 읽어드리는 게 좋겠군요. 여러분들은 좀더 주의를 기울여주십시오. 정말이지 그럴 만한 값어치가 있으니까요.' 그리고는 새로운 몸짓과 띄어 읽기로 다시 암송합니다. 자, 그럼 이들이 서로를 비판하는 것을 보는 것이 어떻습니까? 나이 어린 강아지가 나이 먹고 덩치 큰 사냥개를 보고 짖는 것을 뭐라 말해야 합니까? 진정한 시의 빛이 나는 뛰어나고 유명한 인물에 대해 욕하는 사람들에 대해 뭐라고 해야 합니까? 그런 시는 그들에게 많은 중대 업무로부터 손을 떼고 한숨 돌리게 하거나 즐거움을 가져다주며 성스러운 재능과 고매한 사상을 보여주는데도 말입니다. 잘 알지도 못하는 것에 대해 이러쿵저러쿵 말하고, 이해하지도 못하는 것을 혐오하는 무지함이나 권좌에 기대앉으려는 우둔함과, 앉은 자리에 의존하려는 무지함으로 존경받고 높이 평가받으려는 자들이 있음에도 불구하고 말입니다."

한번은 그에게 시인들이 대부분 가난한 이유가 무엇인지를 물었다. 그는 가난한 것은 그들 스스로가 원해서이며, 손 안에 들어오는 순간을 기회로 잘 이용하기만 하면 부자 되는 것은 그들 손에 달려 있다고 대답했다. 그들이 칭송하는 귀부인들은 모두 대단한 부자들로서, 금으로 된 머리카락과 은으로 된 빛나는 이마, 초록색 에메랄드로 된 눈, 상아로 된 이빨, 산호로 된 입술, 투명한 수정으로 된 목을 가지고 있으며, 울 때 흘러내리는 눈물은 진주로 되어 있으니 지극히 부유하지 않느냐고 대답했다. 게다가 그녀들의 발이 닿으면 아무리 거친 불모의 땅이라도 즉시 재스민과 장미를 피우며, 그녀들의 숨결은 티 없는 호박과 사향 냄새가 난다고 했다. 이 모두가 그녀들이 지닌 커다란 부의 징표라는 것이었다. 한편 나쁜 시인들에 대해서도 이런저런 다른 이야기를 했다. 반면 좋은 시인들에 대해서는 언제나 좋게 말했고 조금도 칭찬을 아끼지 않았다

하루는 성 프란시스코 가(街)에서 형편없는 솜씨로 그려진 몇몇 그림을 보고는, 훌륭한 화가들은 자연을 모방해내지만 나쁜 화가들은 자연을 토해낸다고 말했다.

또 하루는, 자신의 몸이 깨지지 않도록 아주 조심스럽게

한 책장사의 가게에 기대어 말했다.

"한 가지 부족한 점만 없다면 나는 이 직업에 매우 만족했을 것이오."

책장사는 그것이 무엇인지 말해달라고 했다. 그러자 그는 이렇게 대답했다.

"어떤 책의 판권을 살 때는 아첨하면서도, 자기 부담으로 출판할 때는 작가를 우롱하는 것이 바로 그것이오. 또 천 5백 부 대신 3천 부를 인쇄하고, 작가에게는 자기 책이 팔린다고 믿게 하는데 사실은 다른 사람 책을 파는 것이오."

바로 이날, 태형을 당한 여섯 명의 죄인이 광장을 지나가며 외쳐댔다. "첫번째 죄인, 도둑이오." 유리 학사는 자기 앞에 있는 사람들에게 큰 소리로 말했다.

"떨어지시오, 형제들. 당신들 중 어느 누구도 저런 이야기로 시작되지 않게 말이오."

방을 외치고 다니는 사람이 "끄트머리 후장(後腸)으로……"[8] 라는 말을 할 때, 유리 학사는 말했다.

"저자는 분명 소년 인신매매범일 거요."

한 소년이 그에게 말했다.

"유리 학사님, 내일 뚜쟁이 하나를 매질하러 데리고 나온

---

8) 후장으로 번역한 스페인어 trasero는 '맨 마지막'이란 뜻과 함께 '신체의 뒷부분, 즉 엉덩이'의 뜻도 있어 세르반테스는 이 단어의 두 가지 의미로 말장난을 하고 있다.

답니다."

그에게 대답했다.

"뚜쟁이를 매질하러 끌고 나온다고 말하면 흥청거리며 타고 다니는 마차를 매질하러 끌고 나오는 것으로 알아들을 것이오."

그곳에 고해 성사용 휴대 의자를 빌려주러 다니는 사람들 중 하나가 있었는데 그가 유리 학사에게 말했다.

"학사님, 우리에 대해서는 할 말이 없으시오?"

"없소." 학사가 대답했다. "당신들 각자가 죄를 고해하는 어떤 이보다 더 죄인이라는 것을 알고 있다는 것밖에. 그러나 이런 차이점은 있소. 고해자는 그것을 비밀로 간직할 줄 알지만 당신들은 선술집에서 공공연히 알린다는 거요."

온갖 부류의 사람들이 그의 말을 들으며 따라다녔는데, 그 중 젊은 마부가 물었다.

"영리한 양반, 우리에 대해선 할 말이 별로 없거나 전혀 없을 거요. 우리는 나라에서 필요로 하는 선량한 사람들이니까요."

그에 대해 유리 학사가 말했다.

"주인의 명예를 보면 하인의 명예를 알 수 있소. 따라서 누구를 위해 일하고 있는가를 보면 당신이 얼마나 명예로운 사람인지 또는 그렇지 않은지를 알 수 있소. 당신들은 지상에 존재하는 가장 천박한 악당들이오. 내가 유리가 아니었을 때, 한번은 임대 비슷하게 해서 나귀를 타고 하루 동안을 돌아다닌 적이 있소. 나는 그에게서 인간의 적이라 할 수 있는 심각한 백스물한 개의 흠을 발견했소. 모든 당나귀 마부들은 악당 기질이 있고 또 어떻게 보면 소매치기라 할 수도 있소. 그들은 단순한 익살꾼이 아니오. 만약 주인들(그들은 나귀에 태운 사람을 그렇게 부르지요)이 속이기 쉬운 순진한 사람들이라는 것을 알게 되면 이전 도시에서 해온 몇 배 이상의 것으로 그들을 등쳐먹는다는 거요. 만약 주인이 외국인이면 강도질을 하고, 학생이면 욕을 퍼붓고, 성직자라면 증오하고, 군인이면 그들 앞에서 벌벌 떨지요. 군인, 뱃사람 그리고 마부들은 자기들만의 독특한 삶을 살지요. 마부는 삶의 대부분을 마부석의 한 자 반 공간에서 다 보내니, 마차 앞에 가는 나귀의 멍에처럼 마차의 멍에와 같은 신세지요. 그는 반은 노래를 부르고 반은 욕질을 하며 세월을 보내지요. 그리고 '뒤로 물러서시오' 하고 외치고는 다른 길로 빠져버리지요. 다른 쪽으로 가게 하고, 혹시라도 진흙탕에서 바퀴를 꺼내야 할 일이 생겼을 때는, 세 마리 나귀로 돕기보다는 두 마디 저주로 돕습니다. 뱃사람들은 배에서 사용하는 말밖에 모르는 버릇없는 이단들로, 순풍일 때는 부지런하고 폭풍이 칠 때는 게으르지요. 풍랑 속에서는 명령하는 사람은 많고 그 명령에 따르는 사람은 적습니다. 그들에게 하느님은 식량이고 그 함(含)이며 승객들이 멀미하는 모습을 보는 것이 그들의 위락

이라오. 마부들은 이불과 이혼하고 안장과 결혼한 사람들이
오. 얼마나 부지런하고 바쁜 이들인지 하루 동안 가야 할 길
을 잃어버리느니 차라리 영혼을 잃겠다고 말하는 사람들이
오. 맷돌 소리가 그들의 음악이고 허기가 그들의 소스지요.
꼴을 주기 위해 일어나는 것이 그들의 새벽 근행(勤行)이고,
아무것도 듣지 않는 것이 그들의 미사라오."

　이런 말을 하는 동안 약방 문 앞에 서 있던 그는 주인에게
돌아서며 말했다.

　"기름 등잔과 그토록 견원지간만 아니었다면 당신 직업은
건전하다 할 수 있겠군요."

　"어째서 내가 기름 등잔과 견원지간이라는 말이오?" 약제
사가 물었다.

　그러자 유리 학사는 이렇게 대답했다.

　"무엇이든 기름이 모자라면 가장 손쉽게 구할 수 있는 등잔
기름으로 충당하기 때문이오. 이 직업으로 인해 세상에서 가
장 용한 의사라도 신용을 빼앗기기에 족했던 다른 일화도 있
다오."

　약제사가 그것이 무엇이냐고 묻자 대답하기를, 어느 약제
사가 자신의 조제실에 의사가 처방한 약이 없다는 것을 숨기
려고, 없는 약 대신 제 생각에 동일한 효능과 질을 지녔을 것
같은 다른 약을 넣었는데 실제로는 전혀 효능이 다른 약이었
고, 결국 잘못 조제된 약은 제대로 조제된 약의 효능과는 정

반대로 작용했다는 것이었다.

그때 누군가가 의사들에 대해서 어떻게 생각하느냐고 묻자 그는 이렇게 대답했다.

"'그들 또한 신께서 내리셨고 세상이 필요로 하므로 의사에게 영광 있으라! 의술은 신으로부터 나오며 그 보답은 왕으로부터 받는다. 의술은 그로 하여금 머리를 똑바로 들고 다니게 할 것이며 대작들 앞에서도 굽실거리지 않게 하리라. 신께서 땅에 약재를 키우시고, 신중한 인간은 그것을 천대하지 않을 것이로다.' 이는 의학과 훌륭한 의사들에 대해 경외전(經外典)에서 이야기하는 것이오. 하지만 나쁜 의사들에 대해서는 모든 것을 반대로 말할 수 있을 것이오. 왜냐하면 그들보다 국가에 더 해로운 사람은 없기 때문이오. 재판관은 우리에게 정의를 왜곡시킬 수도 또 확장시킬 수도 있소. 학자는 자신의 이익 때문에 우리의 부당한 요구를 지지할 수 있소. 상인은 우리에게서 재산을 빼앗을 수도 있고, 결국엔, 우리가 필요로 해서 상대하는 모든 사람들이 우리에게 어떤 해를 입힐 수도 있는 것이오. 그러나 벌 받을 공포에 떨지 않고 우리 생명을 빼앗아갈 수 있는 이는 아무도 없소. 오직 의사들만이 한 치 겁없이 우리를 죽일 수 있으며, 그것도 손 하나 까딱하지 않고 처방전 말고는 다른 칼은 뽑지도 않고 우리를 죽일 수 있다오. 그들의 죄는 발각되는 일도 없지요. 죽은 이들을 순식간에 땅속에 묻어버리기 때문이라오. 내가 지금처럼 유리가 아닌 육신으로 된 인간이었을 때가 기억이 나는군요. 어떤 환자가 다른 의사한테 치료를 받으려고 어느 돌팔이 의사를 내쫓았다오. 그로부터 나흘째 되는 날 쫓겨난 의사는 두번째 의사가 처방전을 보낸 조제실을 지나가게 되었다오. 그는 자기가 치료하던 환자가 어떻게 되어가고 있는지, 또 다른 의사가 설사약을 그에게 처방했는지를 약제사에게 물었소. 그러자 약제사는 이튿날 환자가 먹어야 할 설사약의 처방전이 있다고 대답했고 의사는 자기에게 그것을 보여달라고 했소. 결국 그는 처방전에 '새벽에 복용하시오'라고 써 있는 것을 보고는 '아침 식전에'라는 말만 아니라면 이 설사약 처방전의 모든 게 마음에 듭니다. 아침 식전 설사는 너무 질펀하니 말이오'라고 말했다오."

그가 모든 직업에 대해 이야기하는 이런저런 것들 때문에 사람들은 그의 뒤를 졸졸 따라다녔다. 그들은 그를 해코지하지도 않았지만 그렇다고 그를 가만히 내버려두지도 않았다. 이 때문에 경호원이 그를 지켜주지 않았다면, 그는 소년들로부터 자신을 방어할 수도 없었을 것이다. 누구도 시기하지 않으려면 어떻게 해야 하느냐고 누군가 묻자 그는 이렇게 대답했다.

"잠을 자시오. 자고 있는 시간 동안만은 당신이나 시기하는 사람이나 같을 테니까요."

이번엔 또 다른 사람이 두 해 전부터 자신을 쫓고 있는 검찰을 어떻게 해야 할지를 묻자 이렇게 대답했다.

"말을 타고 검찰이 나아가는 방향으로 떠나시오. 도시 밖으로 나갈 때까지 그를 동반해 가시오. 그렇게 하면 도시 밖으로 나갈 뿐 아니라 구하는 것도 얻겠지요."

한번은 그의 앞으로 사헌부의 재판관이 어떤 범죄 사건으로 지나가고 있었다. 그는 많은 사람들과 순경 두 명을 데리고 가고 있었다. 유리 학사는 사람들에게 그가 누구인지 물었고 재판관이라는 것을 알게 되자 이렇게 말했다.

"저 재판관은 가슴에 독사를, 허리춤에 권총을, 손에는 번개를 가지고 다니며 사헌부의 손에 닿는 것은 무엇이든 닥치는 대로 파괴하고 다닌다고 확실히 말할 수 있소. 한 친구가 있었는데 자신이 담당한 범죄 사건에 대해 터무니없는 판결을 내렸던 것을 기억하오. 그 판결은 잘못에 비해 너무도 지나친 것이었소. 내가 왜 그렇게 잔인한 판결을 내려 그토록 명백히 부당한 처사를 하느냐고 묻자 상고를 하게 할 생각이라고 대답했소. 그의 오판은 판관 나리들이 가혹한 판결을 정확하고 적합한 수준으로 조절하는 자비를 베풀 기회를 제공하는 것이라고 했소. 나는 차라리 그들의 그런 수고를 덜도록 판결하는 게 나았을 것이라고 대답했소. 그래야 바르고 정확한 판관으로 여겨지지 않겠느냐고 하면서 말이오."

언제나 그의 말을 경청하는 군중들 틈에 안면이 있는 한 사람이 학자 복장을 하고 있었는데 다른 이들은 그를 학사님이라고 불렀다. 유리 학사는 학사라고 불리는 그자가 대학 문턱에도 가보지 못했다는 것을 아는 터라 그에게 말했다.

"여보시오, 포로 구제 수도사들이 당신이 칭하고 다니는 그 학위를 못 보게 잘 지키시오. 임자 없는 것으로 가져가버릴 테니 말이오."[9]

그러자 그 친구가 그에게 말했다.

"우리 서로 예의를 지킵시다, 유리 학사님. 당신은 내가 고매하고 깊은 학식을 가진 사람이라는 것을 이미 알고 있을 테니 말이오."

유리 학사가 그에게 대답했다.

"이미 나는 그대가 학식에 있어서 탄탈로스[10]라는 것을 알고 있소. 탄탈로스의 몸이 물에 잠겨 있되 마시려고 구부리면 수면은 입에서 멀어지고 머리 위에는 과일 나무가 있으나 먹으려고 손을 뻗으면 바람이 불어 과일이 더 높이 올라갔던 것처럼 그대는 높이로도 깊이로도 그것을 얻지 못했으니 말이오."

한번은 양복가게 근처를 지나다가 양복장이가 손을 포개고 가만히 있는 것을 보고 그는 이렇게 말했다.

"선생, 당신은 분명 구원받을 수 있는 길에 접어들었군

____

9) 당시 삼위일체 교단이나 메르세드 교단은 주인 없는 물건에 대한 권리를 특권으로 가지고 있었다.
10) 제우스의 아들로 신들의 비밀을 누설한 죄로 지옥에 감.

요."

"뭘 보고 그런 말을 하시오?" 양복장이가 말했다.

"뭘 보고 그러느냐고?" 유리 학사가 대답했다. "당신이 할 일을 하고 있지 않는 것을 보고 그러는 것이오. 거짓말을 할 기회가 없을 테니 말이오."

그리고 덧붙였다.

"거짓말 못 하고 축제의 옷을 바느질하는 양복장이는 불쌍할지어다. 이 일을 하는 그 많은 사람들 중에서 온전한 옷을 만드는 이는 하나도 없고, 잘못된 옷을 만드는 자들이 대부분이니 놀라운 일이오."

구두공들에 대해선, 그들 자신이 보기에 나쁜 구두를 만든 적은 한 번도 없다고 꼬집었다. 신발이 좁고 꼭 죌 때는 원래 신이란 그래야 하는 거라고 멋쟁이들은 또 그렇게 신어야 한다고 두 시간만 지나면 샌들보다 헐렁해질 거라고 말하는 반면에, 만약 볼이 넓게 만들어지면 신이란 원래 원활한 통풍을 위해 그렇게 신어야 하는 거라고 말하기 때문이라는 것이었다.

시골 공증소에서 사서일을 보는 어느 영민한 소년은 수많은 질문과 요구로 그를 무척 귀찮게 했는데, 그 소년은 도시에서 일어난 여러 소식을 그에게 전해주기도 했다. 그가 소년에게 많은 것에 대해 이야기하고 모든 질문에 대답해주었기 때문이었다. 소년이 한번은 그에게 말했다.

"유리 학사님, 교수형을 선고받은 고리대금업자가 오늘 밤 감옥에서 죽었대요."

그 말에 그가 대답했다.

"망나니가 올라타기 전에 서둘러 죽었으니 잘한 일이다."

성 프란시스코 가(街)에 제노바인들 한 떼가 모여 있었다. 마침 그곳을 지나가자 그들 중 한 사람이 그를 부르며 말했다.

"유리 학사 나리, 이리 와 우리에게 이야기 하나 해주시오."

그는 대답했다.

"그러고 싶지 않소. 제노바로 가져가버릴 것 아니오. 제노바인들이 스페인에서 돈을 빼내가듯이 말이오."

한번은 장신구를 잔뜩 달고 진주로 장식한 옷으로 성장(盛裝)은 했지만 못생기기 그지없는 딸을 데리고 가는 한 장사꾼 마누라와 마주쳤다. 유리 학사는 아이 엄마에게 말을 건넸다.

"딸 포장 한번 잘 시켰소. 산책하기엔 안성맞춤일 거요."

생과자 장수들에 대해서는, 그들이 오래전부터 아무런 벌도 받지 않고 두배치기 도블라디야[11]를 해왔다고 했다. 그들은 오직 제멋대로 자신들의 즐거움을 위해 두 개 만들 것으로 네 개를, 네 개 만들 것으로 여덟 개를, 여덟 개 만들 것으로 반 레알어치를 만들어왔다는 것이었다. 인형극장이들에

---

11) 카드놀이의 일종.

대해서는 떠돌이이며 성스러운 것을 천박하게 다룬다며 무수히 욕을 퍼부었다. 그들은 무대의 인물들을 통해 신앙심을 웃음거리가 되게 하며, 구약과 신약의 수많은 인물들을 자루에 담고 다니다가, 술집에 가서는 그 위에 올라타 앉아 먹고 마신다고 했다. 한마디로 왜 힘있는 사람이 그들을 무대에서 영원히 침묵시켜버리거나 아니면 이 나라에서 쫓아내버리지 않는지 경이로운 일이라고 말했다.

한번은 마침 그가 있는 곳으로 왕자의 의상을 차려입은 배우가 지나가는 것을 보고 말했다.

"이 사람이 얼굴에 분가루를 바르고 모피 웃옷을 뒤집어 입은 채 무대로 나와서는, 걸음을 뗄 때마다 향사 귀족의 혈통임을 맹세하던 것을 본 기억이 나는군."

"그럴 수도 있을 겁니다." 누군가가 대답했다. "가문 좋은 향사 출신 배우들이 많이 있으니까요."

"그럴 수도 있겠소." 유리 학사가 대꾸했다. "그렇지만 광대놀이에 출신 좋은 사람이 무슨 필요가 있겠소. 필요하다면 말에 막힘이 없고 세련된 멋쟁이들이겠지요. 그들은 얼굴에 땀을 흘리며 끊임없이 외우고, 영원한 집시가 되어 이곳저곳, 이 여관에서 저 객줏집으로 옮겨 다니며, 다른 사람들이 만족하는 데 자기 이익이 달렸기 때문에 남들을 만족시키느라 밤을 새우고 못 할 일을 땀 흘려 해가며 벌이를 한다고들 합디다. 게다가 공공 광장에서 그때그때 상품을 꺼내 선보이며 모든 사람의 판단과 시선에 내맡겨야 하니 그들의 일로는 아무도 속일 수 없는 것이오. 극단주들의 일거리는 믿기지 않을 정도이며, 그들의 수고 또한 엄청난 것이오. 그들은 연말에 가서 채권자들이 소송을 제기할 정도로 저당 잡히는 일이 없도록 많이 벌어야 합니다. 어찌 되었든 숲과 가로수길이 그렇고 오락이 되는 볼거리가 그렇듯이 또 정직하게 즐거움을 주는 것들이 그렇듯이 이 나라엔 그들이 필요합니다.”

그는 자기 친구의 이야기라고 하면서 말했다. 여배우의 시중을 드는 사람은 그 한 여자를 통해 여왕이나 요정, 하녀, 목녀(牧女) 등 동시에 수많은 여인들을 섬기는 격이며, 종종 시동과 하인을 섬기게 되는 경우도 있으니, 배우란 하나의 배역만이 아니라 동시에 무수한 운명들의 배역도 맡기 때문이라고 했다.

누군가 세상에서 가장 행복했던 사람이 누구냐고 물으니, “누구도 아니다”라고 대답하면서, “누구도 하늘에 계신 아버지를 알 수 없으며”[12] “누구도 죄짓지 않고 살 수 없으며” “누구도 제 운명에 만족하지 않으며” “누구도 하늘나라에 오를 수 없기”[13] 때문이라고 했다.

칼잡이들에 대해서는 대단한 지식 또는 기술이라고 부를 수 있는 것의 대가들이지만 꼭 필요한 순간에는 그것을 잘

---

12) 마태복음 1장 27절.
13) 요한복음 3장 13절.

이용할 줄 모른다고 했다. 그들은 허풍을 떠는 경향이 있으며 적의 분노에 찬 동작과 생각을 한 치의 오차 없는 수학적 도식으로 환산할 수 있다고들 믿는다고 말했다. 특히 수염을 염색한 이들에 대해서는 특별한 적의를 가지고 있었다. 한번은 그의 앞에서 두 사람이 싸우고 있었다. 하나는 포르투갈인이었는데 카스티야인의 염색한 수염을 붙잡고 늘어지고 있었다.

그 사람이 "내 얼굴에 난 이 수염 때문에……"라고 말하자 유리 학사가 이렇게 응수했다.

"여보시오, 났다고 하지 말고 염색했다고 하시오."

어떤 이가 질이 나쁜 염색약 때문에 벽옥 무늬에 형형색색의 수염을 하고 있었다. 그를 보고 유리 학사는 달걀색 쓰레기장 같은 수염이라고 했다. 손질을 하지 않아 반은 흰색, 반은 검은색 수염이 자라 있는 다른 사람에게는, 반쪽 수염이 거짓말한다고 할 테니 누구에게도 고집을 부리거나 싸움을 걸지 않도록 주의하라고 했다.

한번은, 똑똑하고 이해심 깊은 아가씨가 부모의 뜻을 따라 백발이 성성한 늙은이와 결혼하기로 했다는 이야기를 했다. 그 늙은이는 할머니들이 이야기하는 요르단 강[14]이 아니라, 은을 녹이는 초산이 든 유리병을 찾아 나섰다. 그리하여 잠

---

14) 이곳에서 목욕한 사람은 회춘한다고 함.

자리에 들 때만 해도 눈빛이던 그의 수염이 일어날 때는 역 청빛이 되어버렸다. 결혼 날짜가 다가올 때쯤, 아가씨는 염 색한 늙은이를 보고 혼인 약속에서 빠져나갈 방법을 생각해 내었다. 아가씨는 자기에게 보여준 그때의 그 남편을 내놓으라며 그 사람이 아닌 다른 사람은 싫다고 부모에게 말했다. 그들은 앞에 있는 사람이 남편 될 사람으로 전에 보았던 바로 그 사람이라고 했다. 하지만 아가씨는 그럴 리가 없다면서 부모님이 정해준 사람은 진중하고 백발이 성성한 사람이 있는데 이 사람은 그렇지 않으니 다른 사람의 속임수였다고 했다. 결국 염색한 늙은이는 기가 꺾여 도망갔고 결혼은 무효가 되었다는 이야기였다.

또한 늙은 하녀에 대해서도 수염을 물들인 사람에게와 똑같은 경멸을 느끼고 있었다. 그 하녀들이 흔히 내뱉는 '맹세 코'라든가, 수의 같은 두건, 무수한 교태, 수심, 엄청난 궁핍에 대해서 그는 놀랄 만한 것들을 이야기했다. 그녀들의 결벽증, 무식함, 쓰고다니는 두건보다도 더 장식적인 말하기 방식, 마지막으로 그녀들의 일반적 무용성과 바느질에 대해서도 못마땅하게 여겼다.

어떤 이가 그에게 말했다.

"어떻게 된 겁니까, 학사님? 당신이 많은 직업에 대해 비판하는 것을 들었지만, 공증 서기에 대해서는 말할 게 그렇게 많은데도 아무 얘기도 안 하는군요."

그에 대해 대답했다.

"비록 내가 유리 몸뚱이이기는 하지만, 대부분 속아 사는 속인들의 세태를 따라갈 만큼 그렇게 약하진 않소. 내겐 험담꾼들의 문법과 노래 부르는 사람들의 흥얼거림이 공증 서기들인 것 같소. 문법의 길을 따라서가 아니라면 다른 학문으로 넘어가지 못하고, 음악가는 노래 부르기에 앞서 흥얼거리는 것처럼, 서기들과 순사들과 법원 직원들을 욕하는 데서 험담꾼들의 악담이 시작되는 것이오. 공증 서기라는 직업이 없다면 진실은 은폐되고 멋대로 다루어져 세상에 돌아다닐 것이오. 그래서 경외서엔 '인간의 능력은 하느님 손안에 있으니, 율사에게 그의 영광을 둘 것이다'라고 쓰어 있소. 공증 서기는 공인이며 재판관의 업무는 그의 작업 없이는 쉽게 실행될 수 없소. 법원 서기들은 자유로워야지 노예나 노예의 자식이어서는 안 되며, 적출이어야지 사생아여서도 안 되고, 나쁜 혈통에서 태어나서도 안 됩니다. 그들은 은밀하게 충성을 맹세하고, 고리대금 증서를 공증하지 말 것과, 우정이나 적의 또는 이익이나 손해가 마음을 움직여 선량한 기독교도적 양심으로 자기 직분을 다 못하게 하는 것을 맹세합니다. 이 직업이 그토록 좋은 면들을 요구한다면 어째서 스페인에 존재하는 2만 이상의 공증 서기들로부터 마치 당산사나무 그루터기인 양 악마가 그 수확을 가져간다고 생각할 수 있겠소? 나는 그렇게 믿지 않으며, 누구도 그렇게 믿어선 안 되오. 그들은 질서 잡힌 나라에 존재했어야 할 가장 필요했던 사람들이기 때문이오. 만약 그들이 지나친 권리를 가지면 지나친 횡포를 부릴 테니, 자신들을 잘 관리하도록 양 극단 사이에서 중도의 길을 찾아야 할 겁니다."

순사들에 대해서는, 사람을 체포하고, 집에서 재산을 빼앗아가고, 감시하기 위해 자기 집에 사람을 가두고, 감시하면서 그것을 대가로 먹고 사는 것을 일로 삼는 고로 얼마간 적을 갖게 되는 것이 별날 것 없다고 했다. 그는 검사와 변호인들의 태만과 무지를 비난했다. 그들을 의사와 비교하면서, 의사가 환자를 완치시키든 못 시키든 자기 몫을 가져가듯, 검사와 변호인들도 자기들이 돕는 소송에 이기든 지든 자기 몫을 챙겨간다고 했다.

어떤 여자가 그에게 가장 좋은 땅이 어디냐고 물었더니 곡식이 일찍 여무는 은혜의 땅이라고 대답했다. 다른 사람이 대꾸했다.

"그게 아니라, 어디가 더 좋은 곳이냐고 묻는 겁니다. 바야돌리드입니까, 마드리드입니까?"

그에게 대답했다.

"마드리드는 양 극단이고 바야돌리드는 그 중간이오."

"무슨 말입니까?" 질문한 사람이 다시 물었다.

"마드리드는 하늘과 땅이고 바야돌리드는 그 가운데란 말이오."

유리 학사는, 어떤 사람이 바야돌리드에 들어와 그곳 땅이 그의 아내를 시험하여 매우 심하게 병들게 했다고 남들에게 이야기하는 것을 들었다.

그에 대해 유리 학사는 말했다.

"혹시 시새움 때문에 그랬더라면 차라리 그곳 흙을 먹는 게 나았을 거요."[15]

음악가와, 걸어다니는 우편배달부에 대해서는 희망이나 운세가 협소하다고 했는데 까닭은 우편배달부는 기마 우체부가 되는 데서 음악가는 왕실 음악가가 되는 데서 행운을 맛볼 것이기 때문이라고 했다. 귀부인들이 궁정 여인으로 불리는 것은 그녀들이 모두 또는 대부분이 궁궐에 어울리는 정숙한 여인들이어서가 아니라 시궁창에나 어울릴 광기 든 여자들이기 때문이라고 했다.

하루는 어느 교회에 있다가, 매장하기 위해 노인을 데려오고, 세례 주러 아기를 데려오고, 철야하기 위해 밤새워 돌볼 여인을 데려오는 것을 한꺼번에 보게 되었다. 그러자 그는 교회에서는 노인들은 일생을 끝내고, 아이들은 이겨내고 여인들은 승리하는 전쟁터라고 했다.

한번은 말벌이 그의 목을 쏘았는데, 그는 깨어질까 봐 감히 뿌리치지는 못하고 투덜거리기만 했다. 그러자 어떤 사람

---

15) 6세기 스페인 의학자 우아르테 데 산 환 J. Huarte de San Juan에 따르면, 시새움병에는 흙이나 석고, 석탄을 먹이는 게 약이라고 했다.

이 그에게 몸이 유리로 되어 있는데 어떻게 벌이 쏘는 것을 느끼느냐고 물었다. 그는 그 말벌이 험담가임에 틀림없다고 대답했다. 험담가들의 말과 주둥이는 유리로 된 것뿐만 아니라 청동으로 된 육체도 뚫고 들어갈 수 있다는 것이었다.

성직자 같아 보이는 매우 뚱뚱한 사람이 그가 있는 곳을 지나갈 때, 그의 말을 듣고 있던 이들 중 하나가 말했다.

"폐병에는 신부님도 옴짝달싹 못 합니다."

유리 학사는 화를 내며 말했다.

"'성유 바른 이들에게 손대지 마라. 그리고 나의 예언자들에게 해를 주지 마라'고 하신 성령의 말씀을 누구도 잊지 마시오."

그는 더욱더 성을 내며 말했다. 잘 생각해보면 최근 몇 년 동안 교회가 성인으로 추앙하고, 시복을 얻은 자의 명부에 오른 많은 성인들 중 누구도 아무개 대장이니, 아무개 씨의 아무개 비서니, 혹은 백작이니, 후작이니, 공작이라고 불리지 않고 디에고 수사님, 하신토 수사님, 라이문도 수사님 하며 모두 수사님이나 사제로 불리는 것을 보면 알 수 있을 거라고 했다. 왜냐하면 종교 신앙심이란 언제나 그 과실들이 하느님의 제상에 놓이는 하늘의 아랑후에스 별궁[16]들이기 때문이라는 것이었다.

---

16) 18세기에 건축된 스페인 왕실의 여름 별궁.

험담가들의 말은 독수리의 깃털과도 같이 함께 있는 다른 새들의 깃털을 모두 갉아 먹는다고 했다. 도박장 주인과 노름꾼에 대해서는 놀라운 이야기를 했다. 도박장 주인들이란 공공연한 배임자들로, 운 좋게 이겨 사람에게서 개평을 뜯어내고 나서도, 이긴 사람이 돈을 잃고 카드 게임이 더 빨리 진행되어 다시 상대편에게 운이 돌아가 다시 자릿세를 뜯어내기를 기다린다고 했다. 그리고는 카드에서 돈을 잃으며 밤을 꼬박 새우는 노름꾼의 인내력을 열심히 칭찬했다. 분노가 치밀고 귀신에 홀려도 상대가 일어서지 않는 한 함부로 입을 놀리지 않고 바라바스 순교자의 고통을 견뎌낸다는 것이었다. 또한 몇몇 정직한 도박장 주인들의 양심도 찬양했다. 그들은 자기 집에서 포야와 시엔토스 게임 이외에 다른 도박을 하는 것을 꿈에도 허락하지 않으며, 이로 인해 험담가의 구설수에 오를 염려 없이 자기 집에서 에스트라다, 레타블로, 시에테 핀타 등 도박판을 벌여주는 도박장 주인들보다 매달 더 많은 돈을 번다고 했다.

이런 이야기를 듣고 있노라면, 이미 말했듯이 누가 그를 건드리거나 그에게 다가갈 때 소리를 질러대는 것과 입고 다니는 옷, 그가 먹는 그토록 제한된 음식, 물을 마시는 방법, 여름에는 노천에서만 자고 겨울에는 헛간에서만 자는 것 등 광기의 명백한 증거만 없었더라면 그가 세상에서 가장 분별 있는 사람 중 하나라고 믿지 않을 사람은 없었을 것이다.

　그의 미치광이병은 2년여 동안 지속되었다. 그러던 중 벙어리를 듣게 하고 심지어 말하게 하고, 미친 사람을 치료하는 특별한 지식과 은사를 받은 성 제로니모 교단의 한 성직자가 치료를 맡아, 자비의 힘으로 그 유리 학사의 병을 고쳤다. 이제 그는 예전의 판단력과 이해력과 사고력을 되찾게 되었다. 건강해지자 학자답게 옷을 입고 궁정으로 돌아가게 되었다. 그곳에서도 미쳤을 때의 징표들과 마찬가지로 제정신이 된 징표들을 보이면서 자기가 하던 일을 계속하고 그로 인해 유명해질 수 있을 거라고 생각했다.

　그는 이제 자신을 로다하가 아닌 루에다[17] 학사라고 부르면서 궁정으로 돌아갔다. 돌아가자마자 소년들은 그를 알아보았다. 그들은 항상 입고 있던 것과 너무도 다른 옷을 입고 있는 그를 보자, 감히 소리를 지르지도 질문을 던지지도 못했다. 그러나 그를 따라다니며 자기들끼리 수군거렸다.

　"이 사람은 미친 유리 학사가 아니냐? 분명히 맞아. 이젠 제정신이 돌아왔나 봐. 하지만 옷을 제대로 입고 있어도 이상한 옷을 입었을 때랑 똑같이 미쳤는지도 몰라. 그에게 뭔가 물어보자. 그러면 분명히 알 수 있을 거야."

　학사는 이 모든 말을 듣고 있었다. 그리고 아무 말도 하지 않았다. 그는 제정신이 아닐 때보다 더 혼돈스럽고 난처했다.

---

17) 바퀴라는 뜻.

곧 소년들이 알게 된 사실이 어른들에게도 전해졌다. 학사가 왕실 정원에 당도하기도 전에 2백명 이상 되는 여러 부류의 사람들이 그를 뒤따라 왔다. 교수에게 배우는 학생들보다도 많은 사람들이 함께 뜰에 이르렀다. 그렇게 따라온 모든 사람들에게 둘러싸이게 된 학사는 그 많은 군중을 향해 큰 소리로 말했다.

"여러분, 나는 유리 학사입니다. 그러나 과거의 그가 아닙니다. 나는 이제 루에다 학사입니다. 하늘의 허락하심으로 세상에 일어나는 모든 일과 불행이 내게 분별력을 잃게 했었고, 하느님의 자비가 내게 그것을 다시 돌려주었습니다. 미쳤을 때 했던 말로, 제정신이 되어 내가 할 말과 일들을 여러분은 짐작할 수 있을 겁니다. 나는 살라망카에서 법학으로 졸업했습니다. 그곳에서 가난하게 공부했고 2년간 학사 과정을 밟았습니다. 거기서 내가 학위를 받을 수 있었던 것은 은총이 아니라 노력이라는 덕성 때문이었다는 것을 알 수 있을 겁니다. 나는 이곳 궁정이라는 넓은 세상에서 법률가가 되어 살아가려고 왔습니다. 그러나 여러분이 나를 내버려두지 않는다면 허우적거리며 죽으러 왔다고 할 수 있겠지요. 제발 나를 따라다니며 핍박하지 말아주십시오. 내가 미쳐서 얻었던 생계 수단을 정신을 되찾음으로 잃게 하지 말아 주십시오. 여러분이 광장에서 내게 묻던 것을 이제 내 집에 와 물으십시오. 그러면 여러분들에게 즉흥적이었지만 훌륭히 답변

하던 이 사람은 생각을 다듬어 더욱 훌륭한 답변을 할 것입니다."

모두가 그의 말을 들었고 몇 명은 그를 떠났다. 그는 처음에 그를 따르던 것보다 약간 적은 수의 사람들과 함께 여관으로 돌아왔다.

다음날도 외출했는데 사정은 똑같았다. 다시 설교를 되풀이했으나 아무 소용이 없었다. 그는 많은 것을 잃었고 얻은 것이 없었다. 굶어 죽을 지경이 되자 궁정을 떠나 플랑드르로 돌아가기로 결심했다. 자신의 문재(文才)가 효과가 없으니 건강한 두 팔을 사용해 벌어먹어야겠다고 생각했던 것이다.

고집스럽게 제 결심을 밀고 나간 토마스는 궁정을 떠나며 말했다.

"오, 궁정이여, 그곳은 무모한 탐욕가들의 희망은 키워주면서 덕은 있지만 움츠러들어 있는 자들의 희망은 자르는도다. 철면피 같은 도박꾼들은 득실거리게 하고 염치 있고 분별 있는 자들은 굶어 죽게 하는도다!"

이 말을 남기고 그는 플랑드르로 갔다. 그곳에서 문재로 불멸을 얻으려 시작한 삶은 마침내 훌륭한 친구 발디비아 대장과 동반해 무기(武器)로 불멸을 얻기에 이르렀으며, 죽어서도 총명하고 용맹무쌍한 군인으로 명성을 남기게 되었다.

늙은 남편의 의처증
El celoso extremeño

그리 멀지 않은 옛날, 에스트레마두라 지방 출신인 한 시
골 귀족이 고향을 등지고 스페인, 이탈리아, 플랑드르에서
가진 재산을 탕진하며 세월을 보내고 있었다. 그렇게 방황하
는 동안 부모는 세상을 떠나고 재산은 얼마 남지 않게 되었
는데 기나긴 방황 끝에 다다른 곳은 그나마 남아 있던 재산
마저 모두 탕진해버리기에 안성맞춤인 대도시 세비야였다.
결국 빈털터리에 친구마저 잃은 신세가 된 그는 비슷한 처지
의 많은 세비야 사람들이 흔히 하던 대로 아메리카로 떠날
결심을 하게 되었다. 그곳은 희망 없는 스페인 사람들의 도
피처요 안식처이며 빚더미에 앉은 파산한 사업가들의 성역
이고, 살인자들의 은신처이며, 전문 도박꾼들의 소굴이며,
자유부인들에게는 함정들이 도사린 곳이었다. 몇몇 이들에

게는 문제를 해결해주는 땅이었지만 대부분의 사람들에게는 사기꾼투성이의 땅이었다.

드디어 배가 아메리카로 출항하는 날이 되었고 그도 선장의 지시에 따라 식량과 모포를 챙겨 배에 몸을 실었다. 배는 스페인 땅을 뒤로한 채 카디스 항구를 떠났다. 닻이 오르고 배는 바람에 밀려 순조로운 항해를 시작했다. 얼마 되지 않아 시야에서 뭍이 사라지고 넓고 거대한 망망대해가 펼쳐졌다.

골똘히 생각에 잠긴 우리의 주인공은 지난 세월 방황하며 지낼 때 처했던 위험들과 과오들을 기억 속에서 되짚어보고 있었다. 이제는 생활 방식을 바꾸어 신이 다시 재물을 내려주신다면 과거와는 달리 잘 관리하고 또 여자 관계 역시 신중히 해야겠다고 다짐하고 있었다. 우리 소설의 주인공 펠리포 카리살레스가 인생 역정 최고의 순간에 머물러 있는 동안 배는 고요히 항해하고 있었다. 하지만 느닷없이 바람이 휘몰아치고 사람들이 모두 제자리에 앉아 있을 수 없을 정도로 배가 요동치기 시작했다. 카리살레스 역시 더 이상 생각에 잠겨 있을 수 없었고 오로지 항해에만 신경 쓸 수밖에 없었다. 다행히 운이 따라서 배는 역풍에 밀려나 저항 없이 카르타헤나[1]에 도달하게 되었다. 우리가 정작 해야 할 이야기와는 거리가 있지만, 마지막으로 펠리포가 아메리카로 건너갈

---

1) 현재의 콜롬비아에 있는 당시 스페인 식민 항구 도시.

때의 나이가 대략 마흔여덟이었으며 그곳에서의 20여 년 동안의 근면과 성실함 덕분에 은화 15만 페소 이상의 거액을 모았다는 사실만큼은 덧붙여 두어야겠다. 모든 이들의 당연한 바람이듯 카리살레스 역시 재산을 모으자 고향으로 돌아가고 싶은 생각에, 미래의 부를 마다하고 그동안 모은 재산을 몰수당하지 않기 위해 금괴 은괴로 재산을 모두 바꾼 다음 스페인으로 향했다. 산루카르에 도착한 배에서 내려 세비야로 향하는 그의 모습은 그동안 재산을 모은 만큼이나 나이도 꽤 들어 보였다. 재물을 둘러메고 서둘러 옛 친구들을 찾았지만 이미 다들 세상을 떠난 뒤였다. 고향에 있는 친척 역시 모두 세상을 떠났다는 소식을 이미 들어서 알고 있었지만 고향으로 가고 싶은 마음도 있었다. 빈털터리로 아메리카로 가던 중 바다 한가운데에서도 이런저런 생각들로 심란하기 그지없었지만, 뭍에 발을 딛고 있는 지금도 비록 다른 이유에서지만 걱정이 태산 같기는 마찬가지였다. 그때는 궁핍해서 잠이 오지 않았지만 지금은 부자여서 마음이 편치 않았다. 부는 그것에 친숙해져 돈을 유용하게 쓸 줄 모르는 사람에게는 벗어던질 수 없는 가난이나 마찬가지로 무거운 짐이기 때문이었다. 재산은 있어도 없어도 걱정인 것이다. 없는 사람들은 재산을 적당히 얻는 것으로 구제되지만 있는 사람들은 재산을 더 불리려 하는 법이다.

카리살레스는 금괴를 관리하는 법을 골똘히 생각하고 있

었다. 군인 시절부터 너그러움이 몸에 익히 배어 있었으니 좀스러워 그랬던 것이 아니고, 사실은 재산을 어떤 용도로 쓸 것인가에 골몰해 있었던 것이다. 그냥 그대로 가지고 있자니 비생산적이고 집에 보관한다면 사기꾼이나 도둑의 표적이 될 게 분명했기 때문이었다. 불확실한 장사를 다시 하고 싶은 생각은 없었으며 여생을 편히 먹고 살 만한 돈은 충분히 있다고 생각했다. 고향 땅에 재산을 정착시키고 노년 시절을 조용하고 편안하게 지내고 싶었으며, 세상이 그에게 능력 이상으로 베풀어주었으니 신께는 할 수 있는 만큼 하면서 살고 싶었다. 하지만 당시 스페인의 형편은 매우 나빴던 데다가 사람들의 생활도 궁핍하기 짝이 없었기 때문에 그곳에서 산다면 가난한 사람들이 부자인 이웃을 두었을 때, 그것도 주위에 다른 기댈 부자가 없을 때는 모든 궁색한 일들이 생길 때마다 부자 이웃, 즉 자신을 표적으로 삼는다는 사실도 고려해야 했다. 또한 이 세상을 떠날 때 자신의 재산을 물려줄 사람이 있었으면 하는 생각도 했다. 마음에 있는 이런 소망이라면 결혼의 짐을 질 수도 있으리라는 생각이 들었다. 그런데 생각이 여기에 미치자 마치 바람이 안개를 흐트러트리듯 크나큰 두려움이 그를 덮쳐와 짓눌러왔다. 그는 이 세상 누구보다도 천성적으로 질투심이 많았던 터라, 결혼하기도 전에 결혼 생활에 대한 생각만으로도 질투심과 갖가지 의심과 쓸데없는 상상이 너무 심해 결국은 결혼할 생각을 포기해야 할 지경에 이르렀다.

그렇게 결론을 내리긴 했지만 앞으로 어떻게 살아야 할지는 여전히 막연한 상태였다. 그런데 무슨 운명인지 어느 날 길을 걷다가 우연히 쳐다본 창가에서 열서너 살 되어 보이는 한 처녀를 발견했고, 그 처녀의 예쁘고 아름다운 얼굴에 늙은 카리살레스는 그만 자제력을 잃고 말았다. 그 아름다운 처녀의 이름은 레오노라였는데 카리살레스 노인은 적잖이 나이가 든 만큼 레오노라의 청춘에 굴복하고 만 것이다. 그리고 그 자리에 멈추어 서서 무슨 얘기인가를 시작했는데 스스로 이렇게 다짐하는 것이었다.

'이 처녀는 아름답지만 이 집의 모양새를 보니 부자는 아닌 것 같군. 그녀는 아직 소녀이니 그 나이가 어린 만큼 내 걱정할 바가 문제되지 않을 수도 있지. 결혼해서 그녀를 가둬두고 내 방식대로 만들면 내가 만들어준 조건 외에 다른 것은 생각도 못 하겠지. 게다가 내 재산을 물려줄 수 있는 자식을 낳을 수 있는 희망이 없을 정도로 내가 늙은 것은 아니지. 그녀가 지참금을 가져올 수 있을지 없을지는 중요하지 않아. 하늘은 내게 쓸 만큼 주었지 않은가. 부자는 결혼해서 재산을 얻으려는 것이 아니고 즐거움을 얻으려고 하는 법이지. 즐거움은 명을 길게 하지만 부부 사이의 불화는 명을 단축시키는 법이야. 자 그만 하고! 이미 운명은 정해진 것이니 바로 이거야말로 하늘이 내려주는 것 아닌가!'

　이런 생각을 수백 번 이상을 하고는 며칠이 안 되어 레오
노라의 부모를 찾아갔는데 그들이 비록 가난하긴 하지만 귀
족 집안인 것을 알게 되었고, 자신의 생각과 자신의 성품 그
리고 재산에 대해 얘기하면서 레오노라와의 결혼을 허락해
달라고 간청했다. 그들은 카리살레스의 얘기가 사실인지 확
인해볼 시간을 요구했고 그 역시 그들이 귀족 출신인지를 알
아볼 시간이 필요했다. 그들은 그렇게 헤어져서 서로 상대방
에 대해 알아본 결과 서로의 얘기가 모두 사실임을 알게 되
었다. 그래서 카리살레스는 레오노라를 아내로 맞게 되었고
그녀에게 2천 두카도를 지참재산으로 주었는데 그토록 질투
심 많은 늙은이의 마음은 뜨겁게 달아오르고 있었다. 하지만
그는 새신랑이 되자마자 돌연 병적인 질투에 사로잡혀 이유
없이 몸을 떨며 예전에는 하지 않던 근심을 하게 되었다. 질
투 많은 천성을 드러내는 첫 증세는 부인에게 해주고 싶은
옷을 만드는 데 있어 어떤 재봉사에게도 그녀의 몸 치수를
잴 수 없게 하는 것이었다. 그래서 그녀와 체형이 엇비슷한
여자를 찾아다녔고 마침 어느 가난한 여자를 찾아 그녀의 체
형에 맞추어 옷을 한 벌 만들어 아내에게 입혀보니 썩 잘 맞
았다. 다른 옷들도 그렇게 맞추어 입혔는데 옷가지들이 하도
많고 고급스러워 신부의 부모는 그들과 딸을 호강시켜주는
그런 사위를 맞게 된 것을 큰 축복으로 여겼다. 평생 줄무늬
치마와 호박단 웃옷 외에는 입어본 적이 없는 소녀도 그렇게

많은 옷에 놀라지 않을 수 없었다.

카리살레스가 보인 두번째 증세는 집을 따로 얻을 때까지 신부를 가까이 하지 않은 것인데 그 새 집은 다음과 같은 형태로 지어졌다. 도시의 중심에 위치한 집 한 채를 만 2천 두카도에 사들였는데 그 집에는 분수가 있고 오렌지나무가 많은 정원이 딸려 있었다. 우선 거리로 난 창은 물론 나머지 창들도 모두 막아버리고 하늘 방향으로 창을 만들었다. 세비야에서는 문간(門間)집이라 불리는 대문간에는 한 마리 노새를 위한 마구간을 만들고 그 위에는 헛간과 작은 방을 만들어 노새를 돌보는 거세된 늙은 흑인을 살게 했다. 옥상에는 벽을 높이 올려서 집에 들어가는 사람은 곧바로 하늘 외에 다른 것은 볼 수 없게 만들었다. 문간집에서 앞뜰로 가는 데에는 회전 문을 만들었다. 고급스런 가구를 사서 집을 치장하였기에 화려한 융단과 응접실은 그 집이 대단한 양반의 것이라는 것을 알려줄 만했다. 또한 백인 여자 노예 네 명을 사서 얼굴에 낙인을 찍고 아프리카에서 갓 도착한 흑인 여자 노예도 둘을 샀다. 잡화상인에게는 식품을 배달하되 집에서는 묵지 못하게 하고 회전 통로까지만 들어와 물건을 놓고 가도록 허용했다. 그런 뒤에 재산의 일부를 좋은 곳에 자리잡은 여러 부동산에 투자했다. 또 일부는 은행에 넣고 나머지는 나중에 필요한 곳에 쓰기 위해 남겨두었다. 그리고 집안에 1년 동안 필요하거나 사들여야 할 물건을 모두 재워놓

고 집에 있는 모든 문을 열 수 있게 마스터 키를 만들어놓았
다. 모든 준비가 끝난 후 처가에 가서 아내를 달라고 하자 그
부모는 딸이 무덤에 끌려가기라도 하는 것처럼 딸을 그에게
넘겨주며 눈물을 참아내지 못했다.

　이 순진한 레오노라는 그녀에게 어떤 일이 일어나고 있는
지도 모르는 채로 부모와 함께 눈물을 흘리며 작별의 인사를
남기고는 이끌려 노예들과 하녀들에 둘러싸인 채 남편의 손
에 이끌려 시가로 향했다. 집에 들어서자 카리살레스는 모두
에게 레오노라를 잘 지키라는 연설을 하면서 어떤 길로든 어
떤 방법으로든 누구도, 거세당한 흑인조차도, 두번째 문 안
으로는 들여보내지 말라고 지시했다. 각별히 침착하고 과묵
한 여인에게 레오노라를 잘 돌보고 보호할 것을 당부하면서,
레오노라를 가장 가까이서 모시며 집안의 모든 일을 맡아서
하고 노예들을 부리며 또 레오노라와 함께 즐겁게 지내라고
데려온 레오노라와 동갑내기인 처녀 둘도 잘 지키라고 했다.
그녀들이 갇혀 있다는 사실을 느끼지 못하게끔 잘해주고 많
은 선물을 주라고 지시하는 한편, 휴일에는 얼굴을 알아볼
수 없을 정도로 이른 시간이기는 하지만 누구도 빠짐없이 모
두들 미사에 갈 수 있게 허락할 것이라고 말했다.

　모든 하녀들과 노예들은 불평 없이 기꺼이 즐거운 마음으
로 시키는 대로 할 것을 약속했다. 레오노라는 어깨를 움츠
리면서 고개를 숙인 채 자신이 언제나 순종하는 주인이자 남

편인 그의 뜻 외에는 다른 뜻은 따르지 않겠다고 얘기했다.

이런 예방책을 빈틈없이 마련한 뒤 선량한 카리살레스 노인은 집에 들어앉아 한껏 신혼의 단맛을 즐기기 시작했는데 결혼 생활을 달리 해본 경험이 없는 레오노라에게는 이것이 그리 즐겁지도 괴롭지도 않은 것이었다. 그녀는 집사와 하녀들 그리고 노예들과 시간을 보냈는데, 그들은 군것질로 시간을 더 즐겁게 보내게 되었는데, 허구한 날 꿀과 설탕으로 맛나는 것들을 만들었다. 그렇게 지내도 충분할 만큼 모든 것이 풍족하게 남아돌았으며 주인 카리살레스는 그런 것들을 제공하는 데 조금도 인색하지 않았다. 그런 것들이 그녀들을 즐겁게 해주고 마음을 사로잡아 갇혀 있다고 생각해볼 여유조차 안 주었을 것이라고 여겼기 때문이었다. 레오노라도 하녀들이 하는 것과 똑같이 즐겼는데, 순진하게도 인형을 만들거나 다른 어리광스러운 짓들로 순진한 성품과 어린 나이의 천진난만함을 보여주곤 했다. 이 모든 것은 질투심 많은 남편에게는 무척 만족스러운 것이었는데 그는 할 수 있는 최상의 삶을 선택했다고 생각했고 어떤 방법으로든 아무리 사악한 인간의 힘도 자신의 평온을 깨뜨릴 수는 없을 것이라고 생각했다. 그러므로 그의 유일한 걱정은 아내에게 선물을 가져다주는 것과 그녀에게 무엇이든 갖고 싶은 것을 얘기해달라고 부탁하는 것이었다.

이미 얘기했듯 미사에 가는 시간은 날이 채 밝기 전이었는데 그때 레오노라의 부모도 교회에 나와 사위가 보는 앞에서 딸과 만나곤 했다. 그들은 사위로부터 많은 선물을 받았고 비록 딸이 갇혀 사는 것이 안쓰럽긴 했지만 너그러운 사위 카리살레스의 선물에 마음을 달랬다.

그는 보통 아침에 일어나서 상인이 오기를 기다리는데 전날 밤에 회전문 통로에 쪽지를 놓아 그 다음날 가져올 것을 알려주곤 했다. 카리살레스는 주로 상인이 왔다 가면 집에서 나오면서 거리로 나 있는 문과 중간문 두 개를 잠갔는데 그렇게 되면 그 두 문 사이엔 늙은 흑인만이 남게 되는 것이었다. 몇 가지 일을 본 후 집으로 재빨리 돌아와서는 다시 문을 걸어 잠그곤 했다. 그리고 나머지 시간은 아내에게 선물을 하거나 하녀들을 쓰다듬어주며 소일했는데 그녀들 모두가 착하고 순진했던 데다가 그가 그녀들에게 늘 너그러웠으므로 다들 카리살레스 노인을 좋아했다. 이렇게 신혼 생활 1년이 지나가고, 그는 그런 생활에 아주 길들여져 죽는 날까지 그렇게 살기로 굳게 마음먹었다. 아마도 곧 나타날 그 훼방꾼이 아니었더라면 그렇게 되었을 것이다.

이제 가장 신중하고 분별력 있다고 자부하시는 분은 말해보시라. 자기 집에 수컷 짐승이라고는 단 한 마리도 들어오지 못하게 하는 늙은 카리살레스가 자신의 걱정을 덜기 위해 그 이상 할 수 있는 것이 그외에 또 무엇이 있을 것인가. 그 집에서는 수고양이가 쥐를 물어본 적이 없으며 수캐의 짖는 소리도 들린 적이 없으니 모두가 암컷뿐이었다. 그는 낮에는 생각에 골똘히 잠겨 있었고 밤에도 잠을 자지 않았다. 그는 자신의 집을 지키는 보초이자 파수꾼이었으며 자신이 애지중지하는 부인을 감시하는 아르고스였다. 결코 뜰의 안문으로 남자가 들어간 적이 없었다. 친구들과의 일은 집 밖에서 해결했다. 거실과 방의 커튼과 액자의 무늬는 모두 암컷이나 꽃 혹은 숲으로 되어 있었다. 집 전체에 고요함과 정숙함이 배어 있었고 긴 겨울밤에 하녀들이 난로 옆에서 하는 이야기까지도 모두 카리살레스가 있었기 때문에 음탕한 얘기라곤 들을 수가 없었다. 늙은이의 은빛 새치가 레오노라의 눈에는 순금으로 된 머리카락으로 보였다. 왜냐하면 처녀들의 첫사랑은 왁스에 도장이 찍히듯 마음에 새겨지는 법이기 때문이었다. 남편의 지나친 감시는 남편이 신중하기 때문이라고 여겼고 결혼한 다른 모든 부인들도 자신과 같은 생활을 하고 있을 거라고 생각했다. 집 밖을 나가는 것은 상상조차 하지 않았으며 남편이 원하지 않는 다른 것은 할 생각도 없었다. 미사 가는 날에나 거리에 나가볼 수 있었지만 그것도 아주 이른 시간이라, 교회에서 돌아올 무렵까지 아직 어두컴컴해 사람들 눈에 띌 수 없었다.

　이보다 더 철저히 닫힌 수도원도, 그녀들보다 더 철저히 갇혀 있는 수녀들도, 더 잘 지켜지는 황금 사과도 없었으리라. 그러나 이 모든 것에도 불구하고 그렇게 걱정하던 일에

빠져드는 것을 어떤 식으로도 미리 막을 수도 없고 그로부터
면제될 수도 없었다. 적어도 자기가 빠져들었다고 생각하는
데는 말이다.

세비야에는 하는 일 없이 놀고 먹는 부류의 사람들이 있었
는데 흔히 사람들은 그들을 거리의 사람이라고 부르곤 했다.
이들은 그곳에서도 가장 잘사는 유지들의 자식들인데 겉만
번지르르하지 떠돌아다니며 입에 발린 소리나 잘 해대는 사
람들이었다. 그들의 차림새, 생활 방식, 천성과 그들이 따르
는 규칙들이라는 것에 대해 말하자면 끝이 없겠지만 예의상
그만두기로 한다.

어쨌든 그들 중 바람둥이로 알려진 젊은 총각이 하나 있었
는데 갓 결혼한 사람들을 망토 쓴 사람들이라고 불렀다. 그
는 집 단속이 철저한 카리살레스의 집에 호기심을 갖게 되었
다. 그의 집이 늘 닫혀 있는 것을 보고는 그 안에 누가 사는
지 궁금해했다. 대단한 열정과 호기심으로 사방으로 수소문
한 끝에 마침내 궁금증을 풀게 되었다. 늙은이의 상황과 그
아내의 아름다움에 대해 알게 되었고, 남편이 아내를 감시한
다는 사실도 알게 되었다. 이 모든 정황을 알게 되자 그렇게
잘 지켜진 성을 자신의 힘으로든 수완이로든 점령할 방법이
없는지 시험해보고 싶은 마음이 들기 시작했다. 이런 일에는
훈수꾼이나 공모자가 절대로 빠지는 일이 없는 법이니, 그는
곧 이 일을 두 바람둥이 친구와 갓 결혼한 친구에게 알려 함

께 일을 공모하기 시작했다.

그 어려운 일을 성사시킬 방법을 찾느라 고심하며 수차례 논의를 거듭한 결과 결국 모두가 의견의 일치를 보게 되었는데 그것은 우선 그 바람둥이 로아이사를 변장시키는 것이었다. 먼저 로아이사가 도시를 며칠 동안 떠나 있는 것처럼 해서 친구들 사이에서 사라지게 한 다음 그에게 깨끗한 아마포 속바지와 깨끗한 웃저고리를 입히고 그 위에는 다 찢어지고 여기저기 기운 겉옷을 걸치게 했는데, 그 옷들은 그 도시의 어떤 거지도 입지 않을 만큼 더럽고 지저분한 것들이었다. 턱수염은 조금 뽑아내고 한쪽 눈에는 안대를 했다. 한쪽 다리는 붕대로 칭칭 감고 목발을 짚게 해 불쌍한 병신 몰골이 되게 했는데 실제로 몸이 다친 사람조차도 그에 비길 수가 없을 정도였다.

그런 몰골로 로아이사는 매일 밤 카리살레스 집의 굳게 닫힌 문 앞에서 기도를 올렸고, 그 집의 닫힌 두 개의 문 사이에는 루이스라는 흑인이 갇혀 있는 상태였다. 어떻게 보면 음악가라고 할 수 있었던 로아이사는 문 앞에 서서 기름때가 약간 묻고 줄이 몇 개 모자라는 기타를 꺼내 들고서는 자신의 목소리를 알아채지 못하도록 목소리를 위장해 듣기 좋은 흥겨운 노래를 부르곤 했다. 그리고는 연이어 무어인 남녀의 사랑 이야기 노래를 미친 듯이 불러댔는데 그 노래가 너무도 매력적이어서 거리를 지나는 사람들 모두 그에게 귀를 기울였으며, 노래하는 그의 주위에는 항상 소년들이 그를 에워싸고 있었다. 흑인 루이스는 문틈에 귀를 댄 채 그 바람둥이의 음악에 푹 빠져 있었으며 그의 노래를 마음껏 듣기 위해 문을 열려고 팔을 내밀어보기도 했는데, 흑인들에겐 음악가가 되고 싶어하는 성향이 있기 때문이었다. 로아이사는 노래를 듣는 사람들이 그만 갔으면 하는 생각이 들 때면 노래 부르기를 그만두고 기타를 멘 채 목발을 짚고 가버리곤 했다.

그는 네댓 번을 오직 흑인 루이스만을 위해 음악을 연주했는데 집채를 점령하기 위해서는 그 흑인으로부터 일을 시작해야 하고 반드시 그를 통해야만 한다고 생각했기 때문이었다. 과연 그런 생각은 헛되지 않았다. 어느 날 밤 늘 하던 대로 그 집의 문 앞으로 가 기타 연주를 시작했고 흑인이 귀를 기울이고 있다는 생각이 들었을 때 문지방으로 다가가 낮은 목소리로 말했다.

"루이스, 목이 말라 노래를 부를 수가 없는데 물을 조금 줄 수 있겠소?"

"안 돼오." 흑인은 말했다. "왜냐하면 문 열쇠도 없고 물을 건네줄 만한 구멍도 없기 때문이오."

"그러면 열쇠는 누가 가지고 있소?" 로아이사가 물었다.

"우리 주인한테 있다오." 흑인이 대답했다. "그는 이 세상에서 가장 질투심이 많은 사람으로 내가 지금 여기서 누군가와 말하고 있는 것을 안다면 난 죽은 목숨일 것이오. 그런데 내게 물을 달라는 당신은 누구시오?”

“나는” 로아이사가 답했다. “다리 하나를 쓰지 못하는 불쌍한 사람인데 선량한 사람들의 도움을 받아 살아간다오. 또한 다른 불쌍한 사람들에게 노래를 가르치는데 벌써 세 분의 시장이 부리는 흑인 노예 셋을 가르쳤는데 지금 그들은 어떤 곡이라도 아무 술집에서나 노래하고 연주할 수 있게 되어 내게 강습료를 두둑이 지불했다오.”

“나는 그 이상으로 줄 수도 있소.” 루이스가 말했다. “강습을 받을 수만 있다면 말이오. 그러나 그것은 불가능한 일이라오. 우리 주인은 아침에 외출하면서 거리로 난 문을 잠가버리고 돌아와서도 그렇게 나를 두 개의 문 사이에 가두어두기 때문이오.”

“제기랄! 안됐소, 루이스!” 흑인의 이름을 이미 알고 있던 로아이사가 답했다. “나를 며칠 동안만 안으로 들여보내 강습을 할 수만 있게 계략을 세운다면 보름이 되기도 전에 당신을 기타의 대가로 만들어 어디에 가서든 당신을 남부끄럽지 않게 연주할 수 있게 할 자신이 있다오. 특히나 내가 가르치는 데 있어서는 천부적인 능력이 있다는 것을 말해주고 싶소. 게다가 당신이 소질이 있다는 소문을 들었고, 또 당신의 그 고음을 내는 목청으로 보아하니 당신은 틀림없이 노래를 아주 잘할 것 같다오.”

“노래를 못하지는 않소.” 흑인이 대답했다. “그러나 그게

무슨 소용이 있단 말이오. 아는 노래도 없고 기껏해야 「비너
스 별자리」나 「푸른 초원을 위해」라는 것밖에 모르니. 또는
요즘에 부르는 이런 것밖에 모르는데.

        창살의 쇠붙이를
        부여잡은 괴로운 손"

"그런 건 내가 가르쳐줄 노래들에 비하면 아무것도 아니라
오." 로아이사가 말했다. "나는 모로인 아빈다라에스와 그의
연인 하리파의 노래 전체와 위대한 소피 토무니베요[2]의 이
야기에 대한 것과 포르투갈인들도 깜짝 놀라게 만들 성스러
운 분위기의 사라반다[3]도 모두 다 알고 있소. 게다가 이런
것들을 올바른 방법으로 그것도 매우 쉽게 가르치기 때문에
성급하게 배우지 않더라도 소금 서너 번 찍어 먹을 동안만
배우면 기타의 모든 장르에서 능숙하고 뛰어난 음악가가 될
수 있을 것이오."
　이 말을 들은 흑인은 한숨을 내쉬며 말했다.
　"그렇다고 해도 그게 다 무슨 소용이오. 어떻게 당신을 집
으로 들어오게 해야 할지 모르겠는데 말이오!"

---

2) 실존했던 16세기 스페인의 뛰어난 전사 Tomunibeyo.
3) 흥겨우면서 온몸을 뒤틀어 추는 선정적인 춤 장르를 가리킴. 스페인에서
　는 포르투갈인이 낭만과 감성의 대명사로 인식되어 있다.

“좋은 방법이 하나 있소.” 로아이사가 말했다. “주인의 열쇠를 손에 넣어보도록 하시오, 내가 왁스 한 조각을 줄 테니 거기에 열쇠를 찍어 그 모양이 왁스에 찍히게 하시오. 당신이 내 마음에 드니 내 친구 열쇠장이에게 부탁해 새 열쇠를 만들도록 한 후 그 열쇠로 밤에 집에 들어가 후안 데 라스 인디아스 사제[4]를 가르쳤던 때보다 더 당신을 잘 가르쳐줄 수 있을 것 같소. 왜냐하면 당신같이 좋은 목소리가 기타가 없어 그냥 묻혀버린다는 것은 무척 안타까운 일인 것 같기 때문이오. 루이스 형제, 이것을 알았으면 하오. 세상에서 가장 좋은 목소리도 기타나, 하프시코드나, 오르간이나, 하프 같은 악기의 반주가 없으면 가치를 잃어버린다는 사실을 말이오. 당신 목소리에 가장 잘 어울리는 악기는 기타라오. 기타가 가장 다루기 쉽고 값싼 악기이니 말이오.”

“옳은 말인 것 같소.” 흑인이 답했다. “그러나 어쩔 수 없소. 그 열쇠는 내 손에 들어올 리가 없으니까. 우리 주인은 열쇠를 낮에는 절대 손에서 놓지 않고 밤에는 베개 밑에 넣고 자지요.”

“그렇다면 이렇게 해보시오, 루이스.” 로아이사가 말했다. “완벽한 음악가가 되고 싶은 마음이 있다면 말이오. 마음이 없다면 내가 쓸데없이 이렇게 충고를 하며 힘을 뺄 필요가

---

4) 아비시니아 또는 에티오피아의 왕으로 세르반테스에 자주 빗대어지는 예능에 뛰어난 전설적 인물.

없지 않겠소."

"아니, 그럴 마음이 있냐고 했소?" 루이스가 답했다. "그
럴 마음이야 굴뚝같아 할 수만 있다면 음악가가 되는 대가로
못 할 일이 없을 거요."

"아무렴 그래야지요!" 바람둥이가 말했다. "이 두 개의 문
틀 사이로 당신이 흙을 조금 파서 틈을 만들어준다면, 그 사
이로 내가 넣어준 망치와 장도리로 밤에 자물쇠의 못을 아주
쉽게 뺄 수 있을 테고, 내가 안에 들어가면 못이 빠진 것이
보이지 않게 다시 자물쇠를 원래대로 해놓을 수 있을 것이
오. 안으로 들어가서 당신과 함께 헛간이나 당신이 자는 곳
에서 내가 해야 할 일을 서둘러 하게 되면 내가 말했던 것 이
상으로 당신의 실력이 향상되는 것을 보게 될 것이오. 그리
고 우리가 먹을 음식 걱정은 하지 않아도 되오. 내가 우리 둘
이 여드레 이상을 먹을 수 있는 음식을 가져갈 테니 말이오.
내 제자와 친구들이 나를 굶게 내버려두진 않을 거요."

"음식에 대해서는 걱정할 필요 없소." 흑인이 말했다. "주
인이 주는 내 몫과 여자 노예들이 건네주는 남은 음식만으로
도 두 사람 몫 이상은 충분히 되니 말이오. 일단 아까 당신이
말한 그 장도리와 망치를 가져다주시오. 나는 이 문지방 옆
에 그것을 건네줄 만한 구멍을 만든 후 다시 진흙으로 덮어
가려놓겠소. 자물통을 뺄 때 망치 소리를 몇 번 낸다 하더라
도 주인이 자는 곳은 이 문에서 아주 멀리 떨어져 있으니 주

인이 그 소리를 듣는 건 기적이거나 아니면 우리의 불운 때문일 거요."

"그러면, 신께 맡깁시다!" 로아이사가 말했다. "루이스, 지금부터 이틀 뒤 당신의 그 좋은 목적을 이루는 데 필요한 모든 것을 갖추게 될 것이오. 또한 점액성 음식을 먹지 않도록 주의하시오. 그것은 좋을 것이 없고 오히려 목소리를 상하게 한다오."

"포도주만큼 내 목을 쉬게 만드는 것은 없소." 흑인이 대답했다. "하지만 목소리가 모두 다 쉰다고 하더라도 포도주를 끊을 생각은 없소."

"그렇게 하라고는 하지 않겠소." 로아이사가 말했다. "신도 그런 일은 없게 하실 거요. 드시오, 루이스. 많이 들고 즐기시오! 정도껏 마시는 포도주는 절대 해를 끼치지 않는 법이니 말이오."

"적당히 마시고 있소." 흑인이 답했다. "여기 내게 정확히 한 아숨브레[5]가 들어가는 병이 있소. 하인들이 주인 몰래 이 병을 채워준다오. 상인도 몰래 한 병씩 갖다 주는데 그것은 정확히 두 아숨브레들이여서 내 이 병으로 모자라는 것을 메워준다오."

"내 말은 바로 내 인생도 그랬으면 좋겠다는 것이오." 로

---

5) 2.16리터에 해당하는 단위.

아이사가 말했다. "왜냐하면 마른 목구멍은 불평도 노래도 할 수 없기 때문이오."

"살펴 가시오." 흑인이 말했다. "하지만 여기 들어오는 데 필요한 준비가 늦어지더라도 밤에 노래하러 오는 일을 그만두지는 마시오. 기타를 만질 생각을 하니 마음이 들떠 벌써 손가락을 다 씹을 지경이니 말이오."

"오고말고!" 로아이사가 답했다. "그뿐이 아니라 새 노래도 가져오겠소!"

"그게 바로 내가 바라던 거요." 루이스가 말했다. "그러면 이젠 즐겁게 잠자리에 들 수 있도록 그냥 가지 말고 노래 하나 불러주시구려. 노래 삯에 대해서는 내가 부자보다도 더 값을 잘 치를 테니 가난한 양반은 그리 알아두시오."

"그건 중요한 게 아니라오." 로아이사가 말했다. "내가 가르치는 대로만 삯을 쳐주면 될 것이오. 지금은 이 노래나 한 곡조 들으시오. 내가 집 안에 들어가면 당신은 기적을 보게 될 것이오."

"그럽시다." 흑인이 대답했다.

기나긴 대화가 끝나자 로아이사는 짧은 민요 한 곡을 불러주었고, 흑인 루이스는 어찌나 즐겁고 만족스러웠는지 그에게 문을 열어줄 날이 까마득하게만 느껴졌다.

로아이사는 문에서 멀어지기가 무섭게 일이 잘 풀릴 징조로 보이는 이 좋은 출발을 알려주려는 생각에 목발 짚은 사람으로는 상상도 하지 못할 정도로 잽싸게 공모자들에게로 달려갔다. 그들을 만나 흑인과 한 약속 내용을 얘기해주었다. 그 다음날에는 어떤 못도 나무토막처럼 부숴버리는 연장을 구입했다. 바람둥이 로아이사는 흑인에게 음악을 가르치는 일을 게을리하지 않았고, 흑인 역시 스승이 연장을 건네줄 수 있는 구멍을 만드는 데 소홀히 하지 않았다. 그 구멍은 잘 막아놓아서 신경 써서 잘 보지 않으면 눈에 띄지 않을 정도였다.

둘째 날 밤에 로아이사는 연장을 건네주었고 루이스는 그 연장의 성능을 시험해보았는데 거의 힘을 들이지 않고도 못이 부서져 자물통이 손에 떨어지는 것을 볼 수 있었다. 드디어 문을 열고 그의 오르페우스이자 스승인 로아이사를 맞이하게 되었다. 그의 목발과 누더기 차림, 그리고 붕대를 감은 다리를 보고는 놀라지 않을 수 없었다. 필요가 없었기 때문에 로아이사는 안대를 하고 있지 않았다. 이렇게 들어와서는 자신의 선량한 제자를 끌어안아 얼굴에 키스를 하고는 두둑한 자루에 가져간 큰 포도주 병과 절인 음식 한 상자, 그리고 다른 달콤한 음식들을 그의 손에 건네주었다.

그러고 나서는 아픈 곳이 없는 사람처럼 목발을 던져버리고는 마구 뛰기 시작했고 이를 본 흑인은 더 놀랄 수밖에 없었다. 로아이사는 그에게 말했다.

"루이스 형제, 이것을 알고 계시오, 내 몸의 불편함과 절

뚝거림은 병 때문이 아니라 내가 꾀를 내느라 그랬던 것이라오. 나는 신의 사랑을 내세워 구걸해서 먹고 산다오. 동냥과 음악 덕택에 세상에서 가장 편하게 살고 있소. 잔꾀나 계략이 없는 사람들은 굶어 죽기 마련이지요. 당신도 이것을 우리의 우정이 쌓여가는 동안 알게 될 것이오."

"그래야 되겠지요." 흑인이 대답했다. "하지만 이 자물쇠는 제자리에 돌려놓아 건드렸다는 것을 모르도록 합시다."

"그래야지." 로아이사가 말했다.

그들은 자루에서 못을 꺼내 자물통을 다시 제자리에 가져다 예전과 똑같이 해놓았는데 흑인이 이를 보고는 매우 기뻐했다. 로아이사는 헛간에 있는 흑인의 방으로 올라가 가능한 한 편한 자리를 잡았다. 이어서 루이스가 초를 밝히자 로아이사는 조금의 머뭇거림도 없이 기타를 꺼내 감미롭고 나지막한 연주를 시작했고 직접 연주를 듣게 된 흑인은 거의 혼이 빠져 있었다. 기타를 조금 친 후 그는 다시 술을 꺼내 제자에게 주었는데, 달콤한 것들과 같이 먹기는 했지만 술을 어찌나 많이 마셨던지 그는 음악보다는 술에 정신이 더 빠져 있었다. 그러고 나서 루이스에게 바로 강습을 하자고 했는데, 흑인은 이미 머리끝까지 취한 상태여서 음을 제대로 맞출 수가 없었다. 그런데도 불구하고 로아이사는 흑인이 적어도 노래 두 곡은 벌써 배웠다는 생각이 들게끔 만들었다. 우스운 일이기는 하지만 흑인은 실제로 그렇게 믿고 있었으므로 밤새 그가 한 일은 음정도 맞지 않고 줄도 모자라는 기타를 쳐대는 것이었다.

둘은 얼마 남지 않은 밤 동안 잠을 잤다. 6시쯤 카리살레스가 내려와 중간 문과 길로 나 있는 문을 열고 잠시 기다리니 상인이 식료품을 건네주고 곧장 돌아갔다. 그리고는 흑인을 불러 노새 먹일 보리와 식료품을 가져가라고 했다. 흑인이 식료품을 가져가자 늙은 카리살레스는 거리로 나 있는 문이 어떻게 되었는지 눈치도 못 챈 채 두 문을 잠근 후 나가버렸고 이를 본 스승과 제자는 무척 기뻐했다.

집주인이 나가기 무섭게 흑인은 기타를 낚아채 모든 하녀들이 들을 수 있을 정도로 기타를 치기 시작했다. 그러자 통로를 통해 그녀들이 물었다.

"루이스, 이게 뭐지? 언제부터 당신한테 기타가 있었어, 아니면 누가 준 거야?"

"누가 주었냐고?" 루이스가 대답했다. "이 세상에서 가장 뛰어난 음악가이며 엿새 이내에 내게 6천 개도 넘는 음을 가르쳐주실 분이 주었지."

"그러면 그 음악가는 어디에 있지?" 집사가 물었다.

"여기서 멀지 않은 곳에 있지." 흑인이 대답했다. "부끄러워하지만 않고 주인에 대한 두려움만 없다면 당장이라도 그를 보여줄 수도 있는데. 정말 당신들이 좋아할 거야."

"그런데 어디에 있기에 우리가 볼 수 없는 걸까?" 집사가 반문했다. "이 집에는 우리 주인 외에는 절대 남자가 들어오지 않았는데?"

"그렇다면 내가 아는 것이나 아까 말한 짧은 기간 동안 내게 가르쳐준 것을 당신들이 보게 될 때까지는 아무 말도 하지 않겠어." 흑인이 말했다.

"게다가" 집사가 말했다. "너를 가르치는 이가 귀신이 아닌 다음에야 어떻게 그렇게 빨리 너를 음악가로 만들 수 있는지 궁금한데."

"그거야 언젠가 듣고 보게 될 테지." 흑인이 말했다.

"그건 되지도 않을 말이야." 다른 처녀가 말했다. "왜냐하면 거리로 트인 창이 없어 아무도 보거나 들을 수 없으니까."

"그렇다면 좋아." 흑인이 말했다. "죽음에 대해 변명하기 위한 것이 아니라면 다른 모든 일에는 해결책이 있게 마련이니까. 무엇보다도 너희들이 입 다물고 있거나 그렇게 할 의향이 있다면 말이야."

"아니, 루이스 형제, 입 다물고 있겠느냐고?" 한 노예가 말했다. "벙어리보다도 더 입을 꼭 다물고 있을 거야. 왜냐하면, 이 친구야, 좋은 소리 한번 들어보고 싶어 죽겠으니까 말이야. 이곳에 갇힌 뒤로는 새들 노랫소리조차 들어보지 못했어."

이 모든 이야기를 로아이사는 아주 기쁜 마음으로 듣고 있었으며 그녀들이 그가 바라는 대로 움직일 것이고 행운은 그녀들을 그의 뜻대로 이끌어주고 있다고 생각했다.

하녀들은 흑인이 예상보다 빨리 기타 소리를 들을 수 있도록 곧 부르겠다고 약속하자 자리를 떴다. 그러자 흑인도 주인이 돌아와 그녀들과 이야기하고 있는 것을 볼까 두려워 그녀들을 뒤로한 채 폐쇄된 자기 방으로 들어왔다. 강습을 받고 싶었으나 낮에는 주인이 들을까 두려워 기타를 칠 엄두를 내지 못했다. 곧 주인은 돌아와서 문을 잠그고, 늘 하던 대로 집에 들어앉았다. 그날 흑인 루이스는 한 노예가 회전 통로를 통해 먹을 것을 줄 때 그녀에게 말하기를, 그날 밤 주인이 잠든 후에 모두 빠짐없이 통로에 내려와 그가 약속했던 소리를 들으라고 했다. 사실 흑인은 이런 말을 하기 전에 먼저 그가 하녀들에게 모두를 매우 즐겁게 해줄 대단한 소리를 들려주겠다고 한 약속을 지킬 수 있게끔 통로에서 노래하며 기타를 쳐달라고 스승에게 사정사정했었다. 스승은 그것이 자신이 가장 하고 싶은 일인 줄 알면서도 짐짓 꽁무니를 뺐다. 그러다가 오로지 그를 기쁘게 해주기 위한 것 외에 다른 의도는 전혀 없다고 하면서 마침내 양순한 제자가 부탁하는 것을 들어주기로 했다.

흑인은 그의 부탁을 들어준 것에 대한 감사의 표시로 그를 끌어안고 볼에 키스했으며, 그날은 로아이사가 자기 집에서 먹는 것만큼뿐 아니라, 그 이상으로까지 마음껏 먹을 수 있게 해주었다. 그의 집에는 음식이 별로 없을 터여서 말이다.

밤이 되어 자정이 되지 않았을 무렵 통로에서 수군거리는 소리가 들리기 시작하자 루이스는 청중들이 도착한 것을 알고 스승을 부른 후 줄을 모두 갖추고 음정을 잘 맞춘 기타를 가지고 헛간에서 내려왔다. 로아이사는 루이스에게 듣고 있는 사람이 누구인지 또 몇 명인지 물었다. 주인과 자고 있는 아씨를 제외하고는 모두 다 왔다고 하자 로아이사는 조금 섭섭해했다. 그렇기는 했지만, 자신의 계획을 실행에 옮길 뿐 아니라 제자를 기쁘게 해주기 위해 부드럽게 기타를 치며 노래를 불렀고, 그 노래는 흑인을 경탄케 하고 모여든 여자들을 들뜨게 하였다.

그가 「그 일이 마음에 걸려」를 부르고 당시 스페인에서는 새로웠던 흥겨운 사라반다를 노래하는 것을 들었을 때 그녀들이 느낀 것에 대해서 무슨 말을 더 할 필요가 있을까? 춤을 추지 않은 늙은이가 없었으며 녹아버리지 않은 처녀가 없었으니, 이 모든 일은 늙은이가 깨면 알려줄 보초와 염탐꾼을 이미 세워놓은 가운데 소리 없이 조용히 벌어지고 있었다. 또 로아이사는 민요 세기디야도 몇 소절 불렀는데 듣고 있던 여인들의 마음을 사로잡아버렸다. 그녀들은 흑인에게 그 기적과도 같은 음악가가 누구인지 알려달라고 애원했다. 흑인은 그 음악가는 불쌍한 비렁뱅이로 세비야에 있는 거지들 중에 가장 잘생기고 멋진 사람이라고 대답했다.

여자들은 그를 만나게 해달라고 조르면서 보름 후 집 밖으로 내보내는 것에 반대했다. 좋은 선물을 주고 필요한 것은 모두 주겠다고 했다. 여자들은 그를 어떻게 집 안에 들어오게 했느냐고 물었다. 이에 대해 흑인은 아무 대꾸도 하지 않았다. 그리고는 그를 보기 위해 통로에 조그만 구멍을 만들라고 시키고 나중에는 왁스로 막으면 된다고 했으며 그를 계속 집에 머무르게 하는 것에 대해서는 노력해보겠노라고 했다.

로아이사도 역시 그럴싸한 핑계를 들어 그녀들의 분부에 따를 것이라는 말을 하니 여자들은 그런 재치 있는 핑계들이 불쌍한 비렁뱅이한테서 나올 리는 없다는 것을 눈치 챘다. 여자들은 음악가에게 다음날 밤 같은 장소에 나와주기를 부탁하고, 나이가 많아서가 아니라 질투가 많아서 깊이 잠들지 않는 주인이 있긴 하지만 그의 노래를 들을 수 있도록 아씨를 모셔 내려오겠다고 했다. 이에 로아이사는 늙은이가 깨지 않은 채 노래를 듣고 싶다면 평소보다 더 오랫동안 잠을 자게 만드는 가루약을 줄 테니 포도주에 넣어 마시게 하라고 했다.

"아이구 맙소사!" 한 처녀가 말했다. "그 말이 사실이라면, 팔자에도 없는 얼마나 큰 복덩어리가 우리도 모르는 사이에 굴러들어 왔다는 말인가! 그것은 그를 위한 수면 가루가 아니고 우리 모두와 낮이고 밤이고 혼자 두지 않고 단 한 시도 감시를 게을리 하지 않는 주인의 아내 불쌍한 우리 레오노라 아씨를 위한 생명의 가루일 것이야. 오, 내 마음의 주인이시여! 그 가루를 가져오시오. 그리고 신이 당신이 원하는 좋은 것을 모두 베풀어주게 하소서! 어서 가시오, 서두르시오! 나리, 가져오시오. 내가 포도주에 그것을 섞어 그에게 대접할 테니! 신이 그를 삼 일 낮과 삼 일 밤을 자게 한다면 우리들은 그만큼의 영광의 날들을 보내게 될 텐데."

"그러면 가루를 가져오겠소." 로아이사가 말했다. "그 가루는 다른 해는 없이 아주 깊은 잠에 빠지게 하는 것이라오."

여자들 모두는 가루를 빨리 가져오라고 부탁했고 다음날 밤에는 통로에 구멍을 뚫고 아씨를 데려와 그를 보고 그의 노래와 연주를 듣게 하기로 약속하고는 그와 작별했다. 거의 새벽이 되어가고 있었지만 로아이사는 흑인이 원하는 대로 강습을 시작했다. 그는 자신의 어떤 제자에게도 그토록 훌륭한 소리를 들어본 적이 없다고 흑인에게 말했다. 하지만 불쌍한 흑인 루이스는 노래 한 곡 칠 줄도 몰랐고 결국 배우지도 못했다.

로아이사의 친구들은 밤이면 거리의 문 사이로 와서 친구가 무슨 말을 하는지 엿듣고 필요한 것은 없는지 알아보곤 했다. 이미 약속해둔 신호를 보내자 로아이사는 그들이 문 앞에 와 있는 것을 알고 문틀 구멍으로 일이 잘되어가고 있다는 얘기를 짧게 한 후 수면제 효과를 내는 가루가 있다는 얘기를 들은 적이 있으니 카리살레스를 잠들게 할 만한 것은 무엇이든지 구해달라고 부탁했다. 그들은 의사 친구가 있다고 하면서 그런 약이 있기만 하다면 그가 알고 있는 가장 좋은 약을 지어줄 거라 하면서 일을 계속 추진하도록 응원하며 다음날 밤 모든 것을 구해오리라 약속한 후 황급히 떠났다.

밤이 되자 비둘기 떼는 기타 소리를 들으러 왔다. 하녀들과 함께 레오노라도 왔는데 순진한 그녀는 혹시 남편이 깰까봐 두려워하며 떨고 있었다. 그런 두려움 때문에 레오노라는 오지 않으려고 했지만 하녀들이, 특히 집사가 그 음악의 감미로움과 가난한 음악가의 늠름한 풍채에 대해 많이 이야기하는 바람에 (그녀는 그를 보지 못했으면서도 그를 압살롬과 오르페우스 이상으로 추켜세워왔다) 꾐에 빠져 설득당한 불쌍한 아씨는 결코 그럴 뜻도 없고 그럴 뜻도 없었을 일을 하게 되는 것이었다. 우선 그녀들이 한 일은 음악가를 보기 위해 통로에 구멍을 만드는 것이었는데, 그는 더 이상 거지 차림새로 있지 않고 황토색 호박단으로 만든 선원들이 입는 것과 같은 큼직한 바지를 입고 같은 소재의 웃옷에 금줄을 드리우고 깃에는 풀을 먹인 커다란 수가 놓인 같은 색 공단의 외투를 걸치고 있었다. 옷을 갈아입어야 할 때가 있을지도 모른다고 생각해 자루에 모든 것을 이미 준비해왔던 것이다. 젊고 세련된 용모와 준수한 외모를 겸비했기에, 오랫동안 늙은 주인만을 보아온 여자들은 마치 천사를 보고 있다는 생각을 하게 되었다. 차례차례 한 명씩 구멍을 통해 그를 보고 있

는 동안 흑인은 그녀들이 더 잘 볼 수 있게 하기 위해 불을
밝힌 초를 들고 음악가의 몸을 위아래로 비추어주었다. 갓
데려온 흑인 노예들까지 모든 여자들이 한 명씩 다 그를 보
게 되자 로아이사는 기타를 들고 노래를 불렀는데 그날 밤
그 노래가 얼마나 멋졌던지 늙은이와 여자들을 모두 들뜨게
하고 정신이 홀딱 빠지게 할 지경이었다. 여자들은 루이스에
게 총구멍이나 바늘구멍 같은 작은 구멍을 통해서가 아니라
가까이에서 볼 수 있도록 스승을 안으로 들어오게 할 계략을
세워보라고 간청했다. 그러다가는 주인 나리로부터 그렇게
떨어져 있다가 갑자기 그녀들을 덮쳐 혼이 나지 않겠느냐고
했다. 그를 아예 집 안에 숨겨두고 있으면 그런 일은 일어나
지 않을 것이라고 했다.

이에 대해 레오노라는 그런 짓을 하거나 그 사람을 들어오
게 하는 것은 위험한 짓이니 하지 말라며 여러 이유를 들어
반대했다. 지금 있는 곳에서만 안전하게 그리고 자신의 명예
를 위험에 빠뜨리지 않고 로아이사를 보며 노래를 들을 수
있다고 했다.

"무슨 명예요?" 집사가 말했다. "명예라면 임금님 하나로
도 충분하지요. 아씨나 노인네와 함께 갇혀 계시고 우리는
즐길 수 있는 데까지 즐기게 두세요. 이 양반은 점잖은 분 같
으니 우리가 주고자 하는 것 이상의 것은 요구하지 않을 거
예요."

이에 대해 로아이사가 말했다.

"여인네들, 내가 여기 온 것은 내 마음과 목숨을 바쳐 여러분들에게 봉사하려는 의도밖에 다른 것은 없소. 당신들이 듣지도 보지도 못하는 감금 상태로 있는 것과 그 속에서 인생의 많은 즐거움을 놓치게 되는 것이 마음 아팠소. 내 아버지의 목숨을 걸고 말하건대 나는 단순하고, 순박하고, 선량하며 순종적이어서 시키는 것 이외의 것은 하지 않을 것이오. 그리고 부인들이 '선생님, 여기 앉으세요. 선생님, 저리로 들어가세요. 여기 누우세요. 저쪽으로 가세요'라고 시키면 프랑스 왕을 위해 가장 잘 길들여진 개처럼 그렇게 할 것이오."

"만약 정말 그렇다면 어떻게 해야 당신을 이 안으로 들어오게 할 수 있을까요?" 아무것도 모르는 레오노라가 말했다.

"좋아요." 로아이사가 말했다. "부인들께서는 이 중간 문의 열쇠를 왁스에 찍어보도록 하시오. 그러면 내가 내일 밤까지 우리가 쓸 만한 열쇠 한 벌을 만들어오게 할 테요."

"그 열쇠를 꺼내는 것은 이 집의 모든 열쇠를 꺼내는 것이에요." 한 처녀가 말했다. "그게 마스터 키니까요."

"그래서 나쁠 것은 없지요." 로아이사가 답했다.

"정말 그렇기도 하군요." 레오노라가 말했다. "그러나 먼저 당신이 안으로 들어오게 되면 청하는 음악을 켜고 노래하는 것 외에는 아무것도 하지 말며 또 우리가 자리 잡아주는 곳에 얌전히 있겠다는 것을 맹세해야 해요."

"맹세합니다." 로아이사가 말했다.

"그런 맹세는 아무 소용 없어요." 레오노라가 대답했다. "어머니의 목숨을 걸고 맹세하고 십자가를 꺼내 입 맞추고 서약하는 것을 우리가 다 보아야 해요."

"내 아버지의 목숨을 걸고 맹세하오." 로아이사가 말했다. "그리고 이 십자가를 걸고 내 더러운 입을 맞추며 맹세하오."

그렇게 두 손가락으로 성호를 긋고 세 번 입 맞추었다. 이렇게 하고 나자 다른 처녀가 말했다.

"여보세요. 모든 게 달려 있는 그 가루를 잊지 마세요."

이것으로 그날 밤의 대화는 끝이 났고 모두 음악회를 즐겼다. 그리고 로아이사의 계획을 잘 진행되게 하는 행운이 찾아왔는데, 자정에서 두 시간 지난 바로 그 무렵 길 쪽으로 그의 친구들이 다가오는 것이었다. 그들은 습관대로 파리 나팔[6]을 불어 신호를 보냈다. 로아이사는 그들에게 계획의 진전 정도를 알려주고 카리살레스를 잠들게 하기 위해 주문한 가루나 혹은 다른 물건을 가져왔으면 건네달라고 했다. 동시에 마스터 키에 대한 이야기도 해주었다. 친구들은 가루나 연고가 다음날 밤에 오기로 되어 있다고 하면서 그 연고가 어찌나 신통한지 그것을 맥박과 관자놀이에 바르기만 하면 깊은 잠

---

6) 갈리시아 나팔이라고 불리기도 하는 말굽 모양의 작은 악기.

에 빠져 약 바른 곳을 모두 식초로 닦아내지 않는 한 이틀이
되도 깨어나지 않는다고 했다. 또 열쇠를 찍은 왁스를 주기
만 하면 열쇠는 쉽게 만들어다 줄 수 있다고 했다.

이 말을 끝낸 후 그들은 돌아갔고 로아이사와 그의 제자는
얼마 남지 않은 밤 동안 잠을 청했는데 로아이사는 열쇠에
관한 약속이 지켜질지 궁금해하며 다음날 밤을 간절히 기다
렸다. 그런데 시간은 그 안에서 기다리는 사람들에게는 느리
고 게을러 보이는 법이지만, 결국은 이 생각 저 생각 끝에 시
간도 흘러 고대하던 끝머리에 닿게 되는 것이니 절대로 정지
하거나 쉬지 않는 법이다.

그렇게 시간이 흘러 밤이 왔고 통로로 나가는 시간이 되자
어른이든 아이든, 흑인이든 백인이든 그 집의 모든 하녀들이
모였다. 금남의 지대에 음악가 양반이 들어오는 데 모두들
기대가 컸던 터였다. 그러나 레오노라가 오지 않아 로아이사
가 그녀에 대해 물었더니 그에게 대답해주기를 그녀는 감시
자와 같이 누워 있는데 그가 방문을 잠그고 자물쇠로 문을
잠근 후 열쇠를 베개 밑에 놓고 잔다고 했다. 하지만 아씨는
늙은이가 잠들면 마스터 키를 손에 넣어 미리 말랑말랑하게
준비해둔 왁스에 찍어놓을 것이라고 말했으며 잠시 후에 고
양이가 드나드는 구멍으로 누군가 그것을 받으러 갈 것이라
고 했다.

로아이사는 늙은이의 용의주도함에 놀랐으나 그것도 욕망

을 누그러뜨리지는 못했다. 그때 파리 나팔 소리가 들렸다. 만나기로 약속했던 곳으로 가 친구들을 만나 미리 말한 바 있는 그 약효가 있다는 연고가 들어 있는 통을 건네받았다. 로아이사는 그것을 받은 후 그들에게 열쇠 본을 줄 테니 잠시 기다리라고 했다. 통로로 돌아가 그가 들어오기를 가장 간절히 바라고 있는 집사에게 연고를 건네주며 레오노라 아씨에게 효능을 말해주고 남편이 알아채지 못하게 조심스럽게 연고를 바르면 놀라운 효과를 보게 될 거라고 덧붙여 말하라고 했다. 집사는 그렇게 하기로 하고 고양이 구멍으로 다가가 얼굴을 대고 길게 누워 있는 레오노라를 발견했다. 집사도 같은 자세로 누워 아씨의 귓가에 입을 댄 채 낮은 목소리로 연고를 가져왔다고 하고 효능을 시험하는 방법을 알려주었다. 그녀는 연고를 받은 후 집사에게 남편이 평소대로 열쇠를 베개 밑에 두지 않고 두 개의 매트리스 사이에, 그것도 자기 몸의 중간쯤에 놔두어서 손에 넣을 방법이 전혀 없다고 했다. 그러나 연고가 약사가 말한 대로 효과가 있다면 언제든 원할 때마다 열쇠를 꺼낼 수 있을 것이니 왁스에 열쇠를 찍을 필요가 없을 거라고 전하라고 했다. 그 말을 전하라고 한 뒤 당장 감시자에게 연고를 바를 테니 효과가 일어나는지 보라고 했다.

집사가 내려와 로아이사에게 이 말을 전하자 그는 열쇠를 기다리고 있던 그 친구들을 돌려보냈다. 입에서 숨조차 뱉어

내지 못할 지경으로 덜덜 떨며 레오노라는 조심스럽게 질투심 많은 남편의 맥박과 콧구멍에 연고를 발랐는데 그때 남편이 움직이는 걸로 착각한 그녀는 들킨 줄 알고 숨이 멎는 것 같았다. 마침내 필요하다고 한 모든 부분에 온 정성을 다해 연고를 발라서 남편을 무덤에 보낼 미라처럼 만들어놓았다. 시간이 조금 지나자 신통한 연고가 효능을 제대로 발휘해 늙은이는 거리에서 들릴 정도로 크게 코를 골기 시작했다. 남편의 코고는 소리가 아내의 귀에는 흑인의 스승이 만들어내는 음악보다도 더 훌륭한 음악으로 들렸다. 그러나 눈으로만 보아서는 믿을 수가 없기에 가까이 다가가 남편이 깨어나는가 보려고 처음에는 조금, 다음에는 조금 더 세게 남편을 흔들어보았다. 그러다 감히 남편을 엎어보기도 했는데 그는 깨어나지 않았다. 이것을 보고는 고양이 구멍으로 다가가 처음과는 달리 작지 않은 목소리로 그곳에 기다리고 있던 집사를 불러 이렇게 말했다.

"자매여, 좋은 소식이니 축하해주게. 카리살레스는 시체보다도 더 깊이 잠들었네."

"그러면 열쇠를 집어들지 않고 뭐 하세요, 아씨?" 집사가 말했다. "음악가가 아씨를 벌써 한 시간 넘게 기다리고 있어요."

"기다리게나, 자매여. 곧 가져갈 테니." 레오노라가 대답했다.

그리고 침대로 돌아와서는 늙은이 모르게 매트리스 사이

로 손을 넣어 가운데에 끼여 있던 열쇠를 꺼냈다. 손에 열쇠를 넣고는 기뻐 펄쩍펄쩍 뛴 뒤 머뭇거림 없이 문을 열고 나와 집사 앞에 열쇠를 보이자 세상에서 가장 반갑게 맞이했다. 레오노라는 무슨 일이 일어날지 몰라 감히 그곳을 떠날 수 없으니 문을 열어 음악가를 복도로 데려오라고 분부했다. 그러나 무엇보다 먼저 그녀들이 주문하는 것만을 하겠다고 한 그의 맹세를 다시 확인하라고 했다. 만일 다시 맹세하려 하지 않거든 절대로 문을 열어주지 말라고 했다.

"그렇게 하겠어요." 집사는 말했다. "맹세하고 또 하고 십자가를 여섯 번 입 맞추지 않으면 못 들어올 거예요."

"막지 마라." 레오노라가 말했다. "입 맞추기 원하는 만큼만 하도록 해. 그러나 그의 부모님의 목숨과 그가 귀중히 여기는 모든 것을 걸고 맹세하도록 해. 그래야 우리가 안심할 것이고 섬세한 그의 노래와 기타 소리를 질릴 때까지 들을 수 있을 거야. 어서 가보게, 더 지체하지 말고. 이렇게 이야기하다가는 밤이 다 지나겠어."

선량한 집사가 치마를 들어올리고 지금껏 본 적이 없이 재빠르게 그 집의 모든 사람들이 기다리고 있는 통로로 가서 가져간 열쇠를 보여주자 모두들 매우 기뻐하며 그녀를 교수처럼 들어올리며 "만세, 만세" 하고 환호성을 질렀다.[7]

---

7) 17세기에 대학에서는 자신의 주장을 설득하는 데 성공한 교수를 헹가래 쳐주는 관습이 있었음.

그리고는 열쇠를 복사할 필요가 없으며 연고 바른 늙은이의 잠들어 있는 모양새로 보아 언제든 원할 때마다 집의 문을 열 수 있을 거라는 말을 하자 이들은 더욱 기뻐했다.

한 처녀가 말했다. "자 그럼, 여보게. 문을 열고 저분을 들어오게 해야지. 오래 기다리셨는데 더 이상 기다릴 거 없이 음악에 빠져보자고."

"한 가지 할 게 있어." 집사가 답했다. "지난밤처럼 맹세를 하게 해야 해."

"그는 너무 선량해서 맹세하는 것을 거부하지 않을 거예요." 한 하녀 노예가 말했다.

이때 집사가 문을 열고, 빠끔히 열린 문으로 통로 구멍을 통해 이 모든 얘기를 듣고 있던 로아이사를 불렀는데 그는 문 앞에 오자마자 황급히 들어오려고 했다. 그러나 집사는 가슴에 손을 얹고 이렇게 말했다.

"선생님, 당신께서도 아시다시피 내 양심과 하느님께 맹세코 말하건대 이 집 문 안에 있는 여자들은, 우리 아씨만 빼고, 모두 어머니가 낳아주신 그대로 처녀입니다. 또한 마흔 살이 되어 보일지도 모르지만 아직 두 달 반이 모자라 서른도 채 안 된 나도 또한 역겹게도 그렇습니다. 내가 늙어 보인다면 창피스러운 모욕과 힘든 일 그리고 마음고생이 나이에 0 하나를 또 때로는 둘씩 멋대로 추가하기 때문이지요. 사정이 이러니, 노래 두세 곡, 혹은 네 곡 듣는 대가로 이곳에 갇혀 있는 많은 처녀들이 순결을 잃을 수는 없지요. 왜냐하면 기오마르라고 하는 이 흑인까지도 처녀이니까요. 그러니, 친애하는 선생님, 우리 왕국에 들어오시기 전에 우리가 명령하는 것 외에 아무것도 하지 않겠다는 경건한 서약을 해주셔야겠어요. 이 요구 사항이 무리라고 생각하신다면 우리가 이 모험에 처해지는 것이 더 큰 무리라는 것을 생각해주십시오. 그리고 당신이 좋은 뜻으로 오셨다면, 선뜻 돈 내는 사람이 아까운 줄 모르고 내는 것처럼, 맹세하는 일도 그렇게 고통스럽지는 않을 거예요."

"마리알론소 집사 아주머니가 말 잘했어, 아주 잘했어." 한 처녀가 말했다. "점잖고 물정을 제대로 알고 있는 사람답게 말이야. 맹세하지 않고는 여기 안으로 들어와서는 안 돼지."

이에 이방인 흑인 처녀 기오마르가 서투른 스페인어로 말했다.

"내 생각으로는 결코 그가 맹세를 안 할 테니 귀신이 따라 들어올 것이고, 설사 우리 앞에 맹세하더라도 곧장 잊어버릴 거예요."

로아이사는 조용히 마리알론소 집사의 말을 듣고는 권위 있는 어투로 침착하게 대답했다.

"자매와 동료 여러분, 나는 내 힘이 닿는 데까지 당신들에게 기쁨과 즐거움을 주는 것 외에는 다른 의도는 없었으며, 지금도 없고 앞으로도 없을 것이오. 그러니 당신들이 요구하는 맹세는 어려운 것이 아니오. 그러나 내 말을 조금은 믿어줬으면 하오. 나 같은 이의 인간성으로 보아 이 말은 곧 영장을 집행하는 것과 같은 것이니 말이오. 사람은 겉보기와 다르기 마련이고 더러운 누더기 외투를 걸쳤어도 훌륭한 술 친구일 수 있는 법이오. 그러나 모두가 내 좋은 의도를 확신할 수 있도록 가톨릭 신자이며 선량한 남자답게 맹세하겠소. 가장 성스럽고 오래 지속되는 순결한 효험을 걸고, 성스러운 레바논 산의 입출(入出)을 걸고, 거인 피에라바스의 죽음과 함께 샤를마뉴의 진실한 역사의 서문에 들어 있는 모든 것을 걸고, 이 맹세한 바나 이 가장 낮고 겸허한 부인의 주문을 결코 일탈하거나 지나치지 않겠다고 맹세하오. 만일 이와 다른 짓을 했거나 하고자 했다면 지금부터 그때까지 또 그때부터 지금까지 모든 것을 없었던 것으로 하며 효력도 없다 할 것이오."

고분고분한 로아이사가 여기까지 맹세를 하자 이를 열심히 듣고 있던 한 처녀가 목소리를 높이며 말했다.

"이것이야말로 돌이라도 녹일 수 있는 맹세로군요. 당신이 더 맹세하기를 바란다면 내가 벌을 받을 거예요. 지금 한 맹세만으로도 카브라 동굴[8]에까지도 들어갈 수 있을 테니까요!"

그리고는 그의 바지 자락을 붙잡고 안으로 끌어들이자 나

---

8) 반달리아의 카실데아가 원했던 바에 따라 숲의 기사가 내려간 동굴.

머지 여자들이 그를 에워싸기 시작했다. 그리고 그들 중 하나가 남편의 잠을 감시하는 아씨에게 가서 이 소식을 전했다. 하녀가 음악가가 올라오고 있다고 하자 아씨는 잠시 기뻐하다가 이내 당황하며 그가 맹세를 했느냐고 물었다. 하녀는 난생처음 본 새로운 방법으로 그가 맹세를 했다고 전했다.

"맹세를 했다면" 레오노라가 말했다. "잘 붙들어 맨 셈이군. 맹세를 하라고 한 것이 얼마나 현명한 일이었던지!"

바로 이때 음악가를 에워싸며 모든 사람들이 몰려왔다. 흑인과 흑인 처녀 기오마르가 길을 밝히고 있었다. 레오노라를 본 로아이사는 그 손에 입 맞추려 발 아래 엎드리는 시늉을 했다. 그녀는 조용한 몸짓으로 그를 일어서게 했는데, 모두들 주인이 들을까 두려워 감히 말을 하지 못하고 벙어리처럼 있었다. 그러나 로아이사는 크게 말해도 된다며, 주인에게 바른 연고의 효능이 뛰어나 목숨만 빼앗지 않을 뿐 시체처럼 만들어버릴 거라고 했다.

"나는 그걸 믿어." 레오노라가 말했다. "만일 그렇지 않았더라면 여러 걱정거리 때문에 잠이 깊이 들지 않는 남편은 스무 번은 깼을 거야. 그러나 연고를 바른 뒤로는 짐승처럼 코를 골고 있었거든."

"그렇다면" 집사가 말했다. "선생님의 노래를 듣고 즐기러 맞은편 방으로 갑시다."

"가자." 레오노라가 말했다. "하지만 기오마르는 이곳에 남아 감시를 하고 혹시 카리살레스가 깨어나면 우리에게 알려줘야겠구나."

이에 기오마르가 대답했다.

"나는 흑인이라 남고 여러분들은 백인들이라 간다는 말이지요. 신이여, 저들을 용서하소서."

흑인 여자는 남고 다른 사람들은 멋진 연단이 있는 방으로 가서 로아이사를 연단 한가운데 놓은 채 모두 둘러앉았다. 선량한 마리알론소가 초를 하나 들고 음악가를 위아래로 훑어보자 누군가 말했다.

"아이구, 아주 아름답고 곱슬곱슬한 앞머리를 가졌네!"

다른 여인이 말했다.

"아이구, 치아가 하얗기도 해라! 올해는 잣이 풍작이 아니겠군. 저 치아보다 희거나 아름답지는 않을 테니까!"

또 다른 여인도 말했다.

"아, 저 크고 길쭉한 눈! 세상에…… 게다가 초록색이니 마치 에메랄드로 되어 있는 것 같네."

한 사람은 입을, 다른 한 사람은 발을 칭찬하면서 모두가 그의 신체를 해부해가며 소동을 피웠다. 오직 레오노라만 조용히 그를 바라보고 있었는데 음악가가 그의 감시자보다 훨씬 멋있다는 생각을 하고 있었다. 이때 집사가 흑인이 갖고 있던 기타를 들어 로아이사의 손에 쥐어주며 당시 세비야에서 크게 유행하던 노래를 몇 곡 불러달라고 부탁했는데 내용은 다음과 같았다.

어머니, 내 어머니
저를 감시하시나요

로아이사는 그 청을 받아들였다. 그러자 모두들 일어나 열심히 춤을 추기 시작했다. 집사는 이미 그 노래를 알고 있었기에 좋은 목소리는 아니지만 흥겹게 노래했는데, 내용은 이러했다.

어머니, 우리 어머니
저를 감시하시나요
내 스스로 지키지 않으면
아무 소용없지요.

이런 말이 있다는데
아주 일리가 있어요
금기란
욕망을 부추긴다지요.
사랑이 갇히면
끝없이 커지고요.
그러니 저를 가두지

않는 것이 낫지요
내 스스로 지키지 않는 한, 등등

자신의 의지 스스로
지키지 않으면,
두려움으로도 품격으로도 지키지 못 하지요.

죽음에라도 맞서
행운을 잡으려 들지요
당신은 이해 못 하지만요
내 스스로 지키지 않는 한, 등등

일상으로 연애를 즐기는 사람은
나비처럼
불을 따라가지요.
제아무리 많은
감시원을 두더라도
그리고 당신이 지금 하는 것보다
더 많은 감시를 하게 한다 하더라도 말이에요.
내 스스로 지키지 않는 한, 등등

사랑의 힘은

이렇듯 대단하니
가장 아름다운 여인도
키마이라로 만들어버려요.
가슴은 양초요,
마음은 불꽃이고,
손은 솜털이요,
발은 필터가 되지요.
내 스스로 지키지 않는 한,
아무 소용없지요.

선량한 집사의 노래와 처녀들의 춤이 거의 끝날 무렵, 보초를 서고 있던 기오마르가 매우 당황한 모습으로 경기를 일으키듯 발과 손을 마구 부딪히며 나타나서 낮고 쉰 목소리로 말했다.

"주인이 깼어요, 아씨. 아씨, 주인이 깨어 일어나 지금 오고 있어요."

겁 없이 다른 사람이 심어놓은 밭에서 먹이를 먹고 있던 비둘기 떼가 성난 총소리를 듣고 놀라, 먹던 것을 잊고 당황해하며 혼란스럽게 하늘을 가로질러 날아가는 그런 모습을 본 사람은 춤추고 노래하던 처녀 무리가 기오마르가 전하는 예상치 않은 소식에 비둘기 떼처럼 당황해하고 있다고 상상하면 될 것이다. 각자 자신을 위한 변명과 모두를 위한 구원

책을 이리저리 궁리하며 다락이나 집의 후미진 곳으로 숨었
다. 혼자 남은 음악가는 노래를 멈추고 기타를 놓은 채 혼란
속에서 어찌해야 할지 몰라하며 서 있었다.

레오노라는 아름다운 손을 꼬고 있었다. 마리알론소 부인
은 가볍게나마 얼굴을 두드리고 있었다. 어쨌든 모든 것이 혼
돈과 놀라움 그리고 두려움 자체였다. 그러나 가장 약삭빠르
고 노련한 집사는 로아이사에게 자기 방에 들어가 있으라고
말하고 자신과 아씨는 홀에 남아 있기로 했다. 그녀들이 거기
에 있는 걸 주인이 보면 변명의 여지가 없지 않을 것이다.

곧 로아이사는 숨었고 집사는 주인이 오는지 귀를 기울였
다. 그러나 아무 기척도 없자 용기를 내서 한 걸음씩 조금씩
주인이 자고 있는 방으로 갔고 그곳에서 처음처럼 코를 골고
있는 소리를 들었다. 주인이 자고 있는 것을 확인하고는 치
마를 들어 올리고 아씨에게 뛰어가 주인이 자고 있다는 좋은
소식을 전하며 축하해달라고 했고 그 소식을 들은 아씨는 기
꺼이 그렇게 하마고 했다.

선량한 집사는 음악가가 가지고 있을 것이라고 생각하는
매력을 다른 여자들보다 자신이 먼저 즐길 수 있도록 행운의
신이 보내온 이 상황을 놓치고 싶지 않았다. 그래서 레오노
라에게 그를 부르러 가는 동안 잠시 기다리라며 홀에 남겨둔
채 음악가가 있는 방으로 들어갔다. 로아이사는 아주 혼란스
러운 깊은 생각에 잠겨서 연고를 바른 늙은이에 대한 소식을

기다리고 있었다. 가짜 연고를 저주하며, 철없는 친구들과 카리살레스에게 사용하기 전에 다른 사람에게 미리 시험해보지 않은 자신의 불찰을 원망하고 있었다.

그때 집사가 들어와서는 늙은이는 아주 깊이 잠이 들었다고 전했다. 마음을 진정시킨 채 마리알론소의 다정스러운 말들에 주의 깊게 귀 기울여보니 그녀의 사악한 의도를 알 수 있을 것 같았다. 그래서 오히려 아씨를 낚는 데 그녀를 미끼로 사용하기로 마음먹었다. 이렇게 두 사람이 이야기하는 동안 집 여러 곳에 여기저기 숨어 있던 다른 하녀들은 주인이 실제로 깨어났는지 알아보러 나왔고 온통 무덤처럼 고요한 것을 보고 아씨가 남아 있던 홀로 와서는 주인이 자고 있다는 사실을 알게 되었다. 음악가와 집사가 어디 있느냐는 물음에 아씨가 가르쳐준 문으로 모두들 좀 전처럼 조용히 다가가서는 두 사람이 하는 이야기를 엿들었다.

엿듣는 무리 중에 흑인 처녀 기오마르는 있었지만 흑인 루이스는 없었다. 그는 주인이 깨어났다는 것을 듣고는 기타를 안고 그의 헛간으로 숨어들어가 볼품없는 침대에서 이불을 뒤집어쓴 채 두려움에 진땀을 흘리고 있었다. 그러는 와중에도 기타 치는 것을 멈추지 않았으니, 사탄에게라도 영혼이 팔린 것처럼 음악에 대한 그의 열정은 대단했다.

한편 집사의 희롱을 엿들은 처녀들은 모두들 한마디씩 욕을 하기 시작했다. 아무도 그녀를 노인네라 부르지 않고 마귀할멈, 수염쟁이, 색을 밝히는 여자 등 예의상 입 밖에 내지 않았던 별명을 붙이며 그녀에게 욕을 해댔다. 그러나 그걸 듣고 있는 사람들에게 더욱 웃음을 자아낸 것은 포르투갈인이라 스페인어를 잘 못하는 흑인 기오마르가 퍼부어대는 웃기는 욕지거리들이었다. 결국 두 사람 이야기의 결론은 그녀가 아씨를 음악가의 마음대로 할 수 있게만 해준다면 음악가 역시 그녀의 요구를 들어주겠다는 것이었다.

음악가의 요구는 집사로서는 가파른 언덕을 오르는 것만큼 어려운 것이었다. 그러나 이미 마음과 온몸의 뼈와 골수에까지 맺힌 욕망을 만족시키기 위해서는 불가능한 것까지도 약속할 수 있을 지경이었다. 그를 방에 남겨둔 채 집사는 아씨와 이야기하려고 밖으로 나왔다. 그러던 중 문밖에 모든 하녀들이 모여 있는 것을 보고 오늘 밤의 소란이 흥을 다 깨버렸으니 다른 날 음악가가 놀라는 일 없이 편하게 즐길 수 있도록 할 테니 오늘은 다들 방으로 돌아가라고 했다.

하녀들은 늙은이가 혼자 있고 싶어한다는 것을 이미 눈치 챘지만, 모두를 부리는 그녀에게 복종하지 않을 수 없었다. 하녀들이 돌아가자 집사는 로아이사가 원하는 것을 할 수 있도록 레오노라에게 가서 며칠 동안 연습이라도 한 것처럼 장황한 연설을 하기 시작했다. 친절함, 용기, 위엄 등 그의 수많은 장점을 부각시키면서 늙은 남편의 품보다는 젊은 연인의 품속에 있는 것이 얼마나 더 즐거운 것인지 얘기해주었다. 비밀을 꼭 지킬 것과 즐거움이 오래 지속될 것을 장담하면서 혀에 귀신이 들린 듯 오색찬란하고 실감 나는 말들을 어찌나 그럴듯하게 늘어놓았던지 단순하고 조심성 없는 레오노라의 여리고 순진한 마음뿐만 아니라 딱딱한 대리석마저도 녹일 정도였다.

오, 세상에 태어나 분별있고 선량한 의도를 악으로 유인하는 데 쓰이는 집사들이여! 오, 길고도 잘 다듬어진 두건을 쓴 여인들이여, 그대들은 귀부인들이 홀과 무대를 드나들게 놓아두라고 선택된 자들인가! 어찌 그대들의 지켜야 할 직업의 의무를 마땅히 행해야 할 것과는 반대로 행하는가! 어쨌든, 집사가 하도 말이 많고 끈덕지게 설득하는 바람에 레오노라는 굴복하고 말았다. 레오노라는 속았고 제정신을 잃었다. 그리하여 용의주도한 카리살레스의 모든 예방 조치는 무너져버렸으며 그의 명예는 죽음의 단꿈을 꾸고 있었던 것이다. 마리알론소는 눈에 눈물을 가득 머금은 아씨의 손을 잡고 거의 완력으로 로아이사가 있는 곳으로 데려가서는 악마와 같은 거짓 미소로 축복하며 등 뒤로 문을 닫고 그들을 가두었다. 그녀는 연단에서 잠을 청했는데, 아니, 그보다는 곧 다가올 쾌락을 기다리고 있었다고 하는 편이 옳을 것이었다. 그렇기는 했지만 지난밤들을 꼬박 새운 탓에 연단 위에서 잠들고 말았다.

이럴 때 카리살레스가 잠만 안 자고 있었다면 그 신중함과 시새움, 충고와 설득, 집의 높은 담, 그 집에 남성이라고는 그림자조차도 들어가지 못하는 것, 좁은 통로, 두터운 벽, 빛이 들어오지 않는 창, 악명 높은 폐쇄성, 레오노라에게 준 엄청난 지참재산과 끊임없이 준 선물들, 시녀들과 노예들에 대한 관대함과 그들이 필요로 하는 것이라 생각한 것이면 조금도 모자람 없이 해준 것이 다 무슨 소용이었느냐고 물어보는 것도 괜찮았을 것이다. 그러나 물어볼 필요가 없다는 것은 이미 말한 대로이다. 그는 필요 이상으로 자고 있었으니 말이다. 그래도 그가 듣고 대답하려 한다면, 어깨를 한 번 으쓱하고 눈썹을 둥글게 하면서 이렇게 말하는 것보다 더 좋은 답변은 없을 것이다. "그 모든 것은 게으르고 부도덕한 청년의 잔꾀와 거짓된 집사의 사악함, 그리고 유혹에 넘어간 소녀의 부주의 때문에 무너져내렸다"고 말이다. 신께서 모든 사람 하나하나를 이런 적들로부터 보호하시기 바란다. 이들로부터 방어해주는 신중함의 방패가 없으며 이들을 물리쳐주는 조심스러움의 검도 없으니 말이다.

그러나 이 모든 것에도 불구하고 레오노라의 용기는 대단해서 오랫동안 그녀를 속인 자의 힘에 맞서고 있었다. 그의 힘은 그녀를 꺾는 데에 미치지 못했고 결국 헛되이 애만 썼고 승리는 그녀에게 돌아가 둘은 잠이 들게 되었다. 이즈음 연고의 효능에도 불구하고 하늘은 카리살레스를 깨어나게 했다. 평소의 습관대로 침대를 더듬다가 사랑하는 아내가 없는 것을 발견하고는 놀라고 당황한 나머지 그의 나이로는 믿기 어려울 만큼 재빨리 침대에서 벌떡 일어났다. 아내가 방에 없고 문이 열려 있는 데다가 매트리스 사이에 둔 열쇠도 없어진 것을 알고는 정신이 나갈 지경이 되었다. 그래도 마음을 가다듬고 복도로 나갔다. 아무 기척도 내지 않고 살금살금 복도를 걸어서 집사가 자고 있는 홀로 갔는데 집사가 레오노라 없이 혼자 자고 있는 것을 보고는 다시 집사의 방으로 갔다. 방문을 열자 그는 평생 보지 않기를 바랐던 것을 결국 보고 말았다. 그 광경을 볼 수 있는 눈이 차라리 없었더라면 훨씬 더 나았을 것이었다. 레오노라는 로아이사의 팔에 안겨 있었고 두 사람은 어찌나 깊이 잠들어 있었던지 마치 수면 연고가 질투 많은 노인이 아니라, 그 두 사람에게 효과를 내고 있는 것 같았다.

이 쓸쓸한 광경을 본 카리살레스는 맥박이 멈추는 것 같았다. 목이 메고 팔이 축 처져 차가운 대리석 조각처럼 되어버렸다. 그리고 분노가 자연스럽게 흥분을 일으켜 거의 죽어 있던 영혼을 깨울 듯도 했지만 그보다 고통이 더욱 커 기운을 낼 수 없었다. 그럼에도 불구하고 손에 무기만 넣을 수 있는 상황이었다면 그 가증스러운 악행에 상응하는 복수를 했을 것이다. 그래서 방에 들어가 단도 한 자루를 들고 돌아와 자신의 명예를 더럽힌 두 원수의 피와 집 안에 있는 모든 사람들의 피로 잃어버린 명예를 다시 회복하기로 결심했다. 이렇게 체통을 지킬 부득이한 결심을 하고는 아까 들어올 때처럼 조용하고 조심스럽게 자기 방으로 돌아갔다. 하지만 그곳에 다다르자 고통과 괴로움이 마음을 억눌러 어떻게 달리 해보지도 못한 채 침대 위에 기절해 쓰러져버리고 말았다.

그러는 사이 날이 밝아와 서로의 팔에 감겨 있는 새로운 간음자들을 깨웠다. 깨어난 마리알론소는 자기 차례인 줄 알고 곧 뛰어가려 했지만 이미 늦은 것을 알고 다음날 밤으로 미루기로 했다. 날이 밝은 지 꽤 오래된 것을 안 레오노라는 깜짝 놀라며 자신과 저주스러운 집사의 불찰을 원망하기 시작했다. 두 여자는 황급히 남편이 있는 곳으로 가면서 그가 치아 사이로 코를 골고 있기를 하늘에 빌었다. 남편이 침대 위에 조용히 있는 것을 발견하자, 자고 있으므로 아직도 연고의 효과가 가시지 않은 줄 알고 크게 기뻐하며 서로 얼싸안았다. 레오노라는 남편에게 다가가 식초로 닦아야만 정신을 차린다는 말을 안 따르고도 깨울 수 있을지 모른다는 생각에 한 팔을 잡고 그를 엎어보았다. 이 동작 덕분에 카리살레스는 혼수 상태에서 깨어났고 깊은 한숨을 내쉬며 비탄에 젖은 맥 빠진 목소리로 이렇게 말했다.

"불쌍한 내 신세여, 무슨 내 팔자가 나를 이렇게 슬픈 처지에 빠트리는지!"

레오노라는 남편이 하는 말을 잘 알아듣지 못했다. 그러나 그가 깨어나자마자 말하는 것을 보고 수면 연고가 소문만큼 신통하지는 않다는 사실에 놀랐다. 남편에게 가까이 다가가 그의 얼굴에 제 얼굴을 맞대며 꼭 끌어안고 말했다.

"무언지 넋두리를 하고 계신데, 여보, 무슨 일이신지요?"

불쌍한 늙은이는 원수의 달콤한 목소리를 듣자 힘없이 눈을 뜬 채 정신 나간 상태로 눈썹 하나 까딱하지 않고 그녀를 한참 동안 뚫어지게 바라보다가 이렇게 말했다.

"부탁이 있소, 부인. 당장 당신 부모님들을 불러오기 바라오. 가슴에 뭔가 생긴 것 같은데 무척 힘이 들어 곧 목숨이 다할 것 같으니 죽기 전에 뵈었으면 하오."

레오노라는 조금도 의심하지 않고 남편이 하는 말을 사실로 믿었다. 그렇게 된 것이 자신 때문이라는 것은 모르고 오직 수면 연고 때문인 줄로 알고 있었다. 시키는 대로 하겠다고 대답하고 흑인에게 그녀의 부모를 모셔오라고 했다. 그리고 남편을 보듬으며 생전 하지 않았던 다정한 태도로 그를 쓰다듬어주었다. 이 세상에서 가장 사랑하는 사람인 양 부드럽고 사랑스러운 말로 기분이 어떠냐고 물어보았다. 그는 제정신이 아닌 사람처럼 그녀를 쳐다보고 있었는데 그에겐 그녀의 말 한마디 한마디가 마치 가슴을 찌르는 창살과도 같았다.

집사는 병에 대해 이미 집안 사람들과 로아이사에게 알렸는데, 흑인이 아씨의 부모를 모시러 나갈 때 거리 쪽 문을 닫으라고 하는 것도 잊은 것으로 보아 병이 심각한 것 같다고 전했다. 모두들 아씨의 부모를 불러오라고 한 것에 대해 놀랐다. 왜냐하면 레오노라의 부모는 딸이 결혼한 이후로 딸이 사는 집에 한 번도 온 적이 없었기 때문이었다.

어쨌든 모두들 주인이 병든 진짜 까닭은 알지 못하고 침묵을 지키며 멍하니 다녔다. 주인은 간혹 고통스럽게 깊은 한숨을 쉬었는데 한 번 숨을 내쉴 때마다 마치 영혼을 끄집어내는 것 같았다.

레오노라는 남편의 그런 모습을 보고 울었고 남편은 아내의 눈물이 거짓이라 생각하며 실성한 사람처럼 웃었다.

그때 레오노라의 부모가 도착했는데 대문과 정원의 문이 열려 있고 집이 온통 고요함에 묻혀 텅 비어 있는 것을 보고는 적지 않게 놀랐다. 그들은 사위의 방으로 갔는데 거기서 이미 말했듯이 아내를 뚫어지게 쳐다보고 있는 사위를 발견했다. 그는 아내의 손을 잡고 있었으며 두 사람은 하염없이 눈물을 흘리고 있었는데 아내는 남편이 눈물을 흘리는 것을 보고 울었고 남편은 아내의 눈물이 얼마나 거짓된 것인지를 생각하며 울고 있었다.

아내의 부모가 방에 들어가자 카리살레스가 말했다.

"두 분은 여기 앉으시지요. 나머지 사람들은 방에서 나가고 마리알론소 부인만 남으시오."

그리하여 방에 다섯 사람만 남게 되자 다른 사람이 말할 때를 기다리지 않고 카리살레스가 눈물을 닦으며 차분한 목소리로 말했다.

"장인어른과 장모님, 내가 말씀드리고자 하는 사실을 믿어
주십사고 증인까지 불러올 필요는 없을 거라 확신합니다. 결
코 잊으셨을 리는 없겠지만 다시 상기시켜드린다면 크나큰
사랑과 덕으로 당신들의 사랑하는 딸을 아내로 주신 지 오늘
로 일 년하고도 한 달 닷새 그리고 아홉 시간이 되었지요. 또
한 내가 얼마나 아낌없이 지참재산을 주었는지도 기억하실
겁니다. 그 정도의 지참재산이면 같은 처지에 있는 처녀 세
명이 부자라는 소리를 들으며 결혼할 수 있는 것이었지요.
마찬가지로 그녀가 원했던 것이나, 그녀에게 어울릴 것이라
고 생각되는 것이면 입히고 치장하는 데 심혈을 기울였다는
것도 상기시켜드려야겠습니다. 내 천성에 이끌려, 그리고 의
문의 여지 없이 내 죽음의 원인이 된 그 불행을 두려워하여
또 세상에 일어나는 이상하고 다양한 일들에 대한 내 오랜
경험에 비추어, 내가 선택하고 당신들이 내주신 이 보배를
능력이 닿는 한 최선을 다해 조심스럽게 지키려 했지요. 이
집의 담을 높이 쌓고 거리 쪽 창을 막아버리고 문의 잠금 장
치를 이중으로 하고 수도원같이 회전문을 만들었지요. 이 집
에서 남성의 이름을 가진 것이나 그런 그림자조차도 모두 영
원히 추방하였지요. 그녀의 시중을 들어줄 하녀와 노예를 구
했고 그녀와 하녀들이 요구하는 것은 어떤 것도 거절하지 않
았지요. 그녀를 나와 대등한 동반자로 대우했고, 나의 가장
은밀한 생각도 말해주었으며 모든 재산을 내주었지요. 이 모

든 일은 값비싼 대가를 들여 얻은 보배를 탈 없이 안전하게 즐기며 살고자 함이었고, 그녀로 하여금 어떤 종류의 질투심이든 내 머리 속에 파고들지 않게끔 노력하게 하기 위함이었지요. 그러나 자신이 원하고 바라는 일에 최선을 다하지 않을 때 신이 내리고자 하는 벌을 사람의 힘으로 막을 수는 없으니, 나 또한 기대했던 데에 대해 실망하고 내 목숨을 앗아갈 독을 품게 된 것입니다. 모두들 긴장해서 내 입에서 나오는 말에만 신경 쓰고 있는 것을 보니 천 마디로도 다 못 할 얘기지만 단 한 마디로 긴 서론을 끝내는 게 낫겠지요. 여러분, 그러니까 내 말은 내가 했던 일과 말의 대가가 바로 이거라는 겁니다. 즉 오늘 새벽 평온을 깨고 내 목숨을 앗아가려 세상에 태어난 이 여자가," 이 말은 아내를 가리키며 했다, "지금 저 못된 집사의 방에 갇혀 있는 건장한 젊은이의 품에 안겨 있는 것을 보았단 말이오."

카리살레스의 마지막 말이 떨어지기도 전에 레오노라는 가슴을 쥐어뜯으며 남편의 무릎 위로 쓰러지며 정신을 잃고 말았다. 마리알론소는 사색이 되었고 레오노라의 부모는 목에 뭐가 걸린 듯 아무 말도 하지 못했다. 그러나 카리살레스는 계속해서 이렇게 말했다.

"내가 이번 모욕에 대해 하고자 하는 복수는 일반적으로 하는 복수와는 다르고 마땅히 달라야 할 겁니다. 내가 지금껏 했던 행동들이 극단적이었던 것만큼 나의 복수도 그럴 겁니다. 제일 탓해야 할 사람은 결국 나 자신이니 나를 먼저 복수할 것이오. 이 여인의 열다섯 살과 나의 거의 여든 살 나이가[9] 잘 맞지 않을 것이라는 생각을 했어야 했지요. 바로 누에고치처럼 스스로 죽을 집을 지은 것이었지요. 그리고 그대를 원망하지는 않소." ──이렇게 말하며 고개를 숙여 기절해 있는 레오노라의 얼굴에 입 맞추었다. ──"그대를 탓하지 않소. 왜냐하면 간사한 늙은이의 설득과 사랑에 빠진 젊은이의 감언을 어린 나이의 보잘것없는 재치가 쉽게 당해낼 수 없기 때문이오. 그러나 내가 마음과 믿음을 다해 당신을 사랑한 깊이를 세상 사람들이 이해하도록 생의 이 마지막 순간에 보여주고 싶소. 선행의 모범이 아니라면 적어도 듣도 보도 못한 순수함의 모범으로 말이오. 그러니 당장 이리로 곧 증인을 불러 내 유서를 다시 작성하게 하시지요. 레오노라의 몫을 두 배로 늘리고 내 인생이, 아주 짧을 테니, 끝나면 아주 짧게 남은 내 목숨이 다하거든 강요할 필요도 없을 테니 그녀 뜻대로, 그 청년과 결혼하기 바랍니다. 나는 비록 슬프고 백발이 성성한 늙은이지만 결코 그 청년을 욕하지 않았지요. 이제 내가 살아 있는 동안 그녀의 뜻이라고 생각한 것에서 한 치도 벗어나지 않았던 것처럼 죽어서도 이와 같이 하리라

---

9) 이야기 도입부에서 스페인에 돌아올 때 나이가 대략 일흔 가까이로 암시되어 있는 것에 비하면 이때 주인공의 나이를 여든으로 상정한 것은 작가의 오류일 것이다. 세르반테스는 가끔 세부적 문제들에 엄밀하지 못했다.

는 것을 볼 수 있을 겁니다. 그녀가 그렇게 원하는 사람과 같이 있었으면 합니다. 나머지 재산은 자선 사업에 쓸 것이며 장인어른과 장모님께는 여생을 정직하게 살 수 있게 할 만큼만 남겨드리겠습니다. 변호사를 당장 오게 하세요. 흥분된 마음이 나를 짓눌러 인생의 발걸음을 더 이상 못 내딛게 할 지경입니다."

이 말을 하고는 끔찍한 혼수 상태에 빠져 레오노라 곁에 쓰러지자 두 사람의 얼굴이 한데 겹쳐졌다. 아끼는 딸과 사랑하는 사위를 바라보던 부모에게 얼마나 아주 슬픈 광경이었던지! 못된 집사는 아씨에게 듣게 될 꾸지람을 기다리기 전에 방에서 나와 로아이사를 찾아가서는 일어난 모든 일을 말해주었다. 빨리 집을 떠나라고 충고하면서 이제는 더 이상 출입을 막는 문이나 열쇠가 없을 테니 나중에 흑인을 통해 일의 경과를 알려주겠다고 했다. 이런 소식을 들은 로아이사는 크게 놀라워하며 집사의 충고를 따라 다시 거지 옷을 입고 친구들에게로 돌아가 아무도 본 적이 없는 기상천외한 사랑의 모험을 그들에게 들려주었다.

두 사람이 정신을 잃고 있는 동안에 레오노라의 아버지가 자신의 친구인 한 변호사를 불러오게 했는데 이 사람이 도착했을 때 딸과 사위는 이미 정신을 차리고 있었다. 카리살레스는 그가 말했던 대로 유서를 만들도록 했는데 레오노라의 실책은 언급하지 않았다. 단지 좋은 뜻으로 그가 죽으면 그녀에게 은밀하게 지정해둔 그 청년과 결혼하라고 간곡히 당부했다. 이 말을 들은 레오노라는 남편의 발 아래 엎드리며 억장이 무너지듯 말했다.

"나의 주인이시며 나의 선한 모든 것을 가지신 분이여, 오래오래 사십시오. 당신이 제 말을 믿으실 이유가 없는 것은 아오나 그릇된 생각으로 당신을 모욕한 바는 없습니다."

그렇게 용서를 빌며 일의 진위를 자세히 말하려고 하는데 혀를 움직일 수 없었고 다시 실신하고 말았다. 비탄에 빠진 노인은 기절한 그녀를 끌어안았고 양친도 그녀를 부둥켜안았다. 어찌나 슬피 우는지 유서를 작성하던 변호사까지도 어쩔 수 없이 따라 울게 만들었다. 이 유서의 내용에는 집안의 하녀들에게는 먹고 살 것을 남겨주고, 노예들과 남자 흑인에게는 자유를 주고, 간사한 마리알론소에게는 일한 것에 대한 삯 이외에 것은 조금도 주지 말라고 되어 있었다. 그러나 어찌 됐든 고통이 그를 짓눌러 노인은 7일째 되던 날 마침내 무덤으로 가게 되었다.

레오노라는 눈물 많고 돈 많은 과부가 되었다. 그리고 카리살레스가 유서에서 지시한 바를 알고 있었던 로아이사는 그녀가 유언대로 행하기를 기다리고 있었지만 일주일이 지나 그녀가 도시에서 가장 외떨어진 수도원 가운데 하나로 들어가버린 것을 알게 되었다. 실망한 그는 거의 쫓기듯 아메리카로 떠났다. 레오노라의 부모는 깊은 슬픔에 잠겼으나 사위가 유서를 통해 남겨주고 간 것으로 위안을 삼았다. 하녀들은 남겨진 재산으로, 노예들은 자유로 위안을 삼았다. 사악한 집사는 빈털터리가 되었고 그녀의 못된 생각들은 모두 수포로 돌아가게 되었다.

지금까지 나는 이 사건의 결말이 다가오기를 고대해왔다. 이것은 뜻만 있으면 열쇠도 회전문도 그리고 벽도 얼마나 믿지 못할 것임을 보여주는지에 대한 예이며 거울이다. 또한 검고 긴 수녀복에 흰 수건을 쓴 집사가 귓가에 속삭이며 따라다니면 여리고 어린 나이의 여자란 더더욱 믿을 것이 못 된다는 것도 보여준다. 단지 레오노라가 용서를 빌고 자신이 얼마나 결백하고 그 사건으로 인해 남편이 모욕을 받지 않았다는 것을 남편에게 이해시키는 데 더 적극적이지 않았던 이유를 나도 모르겠다. 그러나 놀라움이 그녀의 혀를 묶어두었고 남편이 급하게 죽는 바람에 용서를 받을 여지가 없었을 것도 같다.

린코네테와 코르타디요
Rinconete y Cortadillo

　유명한 알쿠디아 평원의 끝자락에는 몰리니요라 불리는 주막이 있었다. 카스티야에서 안달루시아로 가는 길이던 어느 무더운 여름날, 우리는 그 주막에서 열네댓 살쯤 되어 보이는 두 젊은이를 만났다. 두 젊은이 모두 열일곱 살은 넘어 보이지 않았다. 둘 다 이목구비는 수려했지만, 무슨 사연인지 옷차림은 아주 형편없어 동저고리 바람에 낡아 헤어진 마바지 아래로 살가죽이 그냥 양말인 꼴이었다. 그중에서도 가장 볼 만한 것은 신발이었는데 한 젊은이가 신은 샌들은 하도 오래 신고 다녀 다 닳아 있었고, 다른 젊은이의 신발은 고급이긴 했지만 밑창이 달아나 신발이라기보다는 족쇄같이 보였다. 한 젊은이는 푸른 사냥꾼 두건에, 낮고 갓이 넓은 모자를 쓰고 등에 진 봇짐의 매듭을 가슴 앞에서 묶고 산양 가죽 색의 셔츠를 걸치고 있었고 또 다른 젊은이는 보따리 하나 없는 빈손이었으며 앞가슴에 무슨 뭉치를 하나 차고 있었는데, 뒤에서 보니 그 뭉치는 목깃 장식이었고 온통 때가 범벅이 되고 실올이 풀려 마치 상처막이 가제같이 보였다. 그 안에는 하도 많이 써서 끝이 닳아 계란형이 된 트럼프를 넣어 가지고 다녔는데 그나마 더 오래 쓸 생각으로 가장자리를 다듬어 그런 모양으로 보관해왔던 것이다. 얼굴은 모두 햇볕에 그을리고, 손톱은 길게 자라 있었으며, 손은 지저분하기 그지없었다. 한 젊은이는 중간 크기의 칼을 차고 있었고, 다른 젊은이는 도축용의 노란 자루 달린 칼을 차고 있었다.

주막 앞 현관으로 낮잠을 자러 나오다가 서로 마주치게 되자, 나이가 조금 더 들어 보이는 젊은이가 다른 젊은이에게 말했다.

"젊은 친구, 그대는 어디 출신이고 어디로 가는 길이오?"

질문을 받은 이가 대답했다.

"저는 고향이 어딘지도 또 어디로 가는지도 모릅니다."

나이가 더 들어 뵈는 젊은이가 말했다.

"분명 그대가 하늘에서 떨어졌을 리는 없을 테고 여기는 머물 곳도 못 되는 것 같으니 아무래도 가는 길이나 재촉해 가야겠소."

나이가 덜 들어 뵈는 젊은이가 대꾸했다.

"그렇겠네요. 하지만 제 말은 사실이랍니다. 제 고향이 고향이 아닌 것은 그곳엔 저를 자식으로 여기지 않는 아버지와 저를 데려온 자식 취급하는 계모밖에 없기 때문이지요. 저는 풍운을 찾아가는 길이구요. 불쌍한 저를 먹여줄 사람만 있으면 거기가 제 나그네 길의 종착지일 겁니다."

나이 많은 이가 다시 물었다.

"그대는 할 줄 아는 것이 있소?"

나이 어린 이가 대답했다.

"글쎄, 양처럼 달리고, 사슴처럼 뛰며, 섬세히 가위질할 줄 아는 것 외에는 달리 할 줄 아는 게 없지요."

나이 많은 이가 대꾸했다.

"그거 참 괜찮은 재주들이오. 쓸모도 있고 돈벌이도 되겠습니다. 성(聖) 목요일에 그대에게 성상(聖像)을 위한 종이꽃 오려내기를 시키고 성(聖)주일날 음식을 제공할 사제가 있을 터이니 말이오."

그러자 나이 어린 이가 대답하기를,

"내 가위질은 그런 게 아니오. 우리 부친이 양복쟁이였는데, 폴라이나라고 하는 정강이받이 재단을 내게 가르쳤다오. 내 재단 솜씨는 장인(匠人) 시험도 볼 정도였는데, 운이 없어 이렇게 망해버린 거라오."

나이 많은 이가 대답했다.

"그런 일이 모두, 때로는 더 나쁜 일까지도 재주 많은 사람들에게 일어나는 법이라오. 가장 훌륭한 재능은 가장 빛을 보기 어렵다는 얘기를 많이 들어왔지요. 하지만 그대는 앞으로 팔자를 바꿀 수 있을 만큼 아직 나이도 있소. 그런데 내 눈이 나를 속이는 것이 아니라면 분명 그대에게는 말 못 할 다른 얘깃거리가 있는 듯한데 좀처럼 내겐 얘기하지 않으려 하는 것 같구려."

나이 어린 젊은이가 대답했다.

"있긴 있소. 그러나 당신 말대로 얘기할 만한 것이 아니라오."

나이 많은 젊은이가 이에 대꾸했다.

"나로 말하자면, 세상에서 둘째가라면 서러울 만큼 비밀이 많은 사람들 중의 하나올시다. 하지만 그대가 속마음을 드러내고 나를 편하게 대할 수 있도록 그대에게 먼저 내 속을 내보이려 하오. 우리가 여기서 이렇게 만난 것도 기이한 운명인데, 이 순간부터 죽는 날까지 진정한 친구가 되어야 하지 않겠소. 나는 푸엔푸리다 태생이라오. 그곳은 저명한 인사들이 길손으로 자주 거쳐 가는 곳으로 유명하지요. 내 이름은 페드로 델 린콘이오. 내 부친은 성십자군 집행관이었으니, 꽤나 지위가 높으신 분이었다오. 말하자면, 흔히 사람들이 얘기하는 면죄부 판매꾼이었소. 아버지를 따라 그 일에 나선 적도 있는데, 거기서 일을 배워 면죄부 판매에 관한 한 나도 이 세상 누구 못지않게 알게 되었다오. 하지만 어느 날엔가 면죄부보다 그 돈에 눈이 멀어 돈자루를 차고 마드리드로 줄 행랑을 쳤는데 며칠 만에 자루가 거덜나고 내겐 신혼 부부 이불잇 모양이나 주름투성이인 빈 자루만 남게 되었다오. 돈을 책임진 사람이 쫓아와 나를 붙잡았소. 운이 별로 좋지 않았던 거요. 그래도 법관들은 내 어린 나이를 생각해, 기둥에 묶어 잠시 등에 매질을 하고는 궁정에서 4년간 추방시키는 것으로 족하기는 했소만. 어깨를 잔뜩 움츠리며 꾹 참아 매를 맞고는 이내 추방되어 나오긴 했는데, 너무 황급히 나오다 보니 타고 갈 말 한 마리 끌고 나오지 못했소. 가진 것 중에 가지고 나올 수 있는 것과 가장 필요한 것들만 챙겼는데, 그 중 하나가 마드리드에서 여기까지 술집이나 주막에서 스물한 점 판으로 먹을 것을 벌어온 바로 이 트럼프라오. (그러면서 앞서 말한 목에 달고 있던 것들을 끄집어냈다.) 비록 지저분하고 닳아빠진 것처럼 보여도 그것을 잘 아는 사람에게는 놀라운 은덕을 베풀어 밑에 에이스 하나 안 남게 치워버리지는 않는다오. 그대가 이 게임에 익숙해진다면, 첫 카드에 에이스를 확실히 갖는 것이 얼마나 유리한가 알게 될 것이오. 그 카드 하나로 한 점도 되고 열한 점도 될 수 있었소. 이렇게 유리하니 스물한 점이 쉽게 만들어지고 돈을 잃지 않게 되는 거요. 이것 말고도, 어느 대사의 요리사에게 키놀라 게임과 안다보바 게임 기술을 배웠는데 그대가 궁정에서 정강이받이 장인으로 꼽혔던 것처럼 나 역시 빌란이란 사람이 만든 이 트럼프 놀이에 관해서라면 최고라 자부할 만하다오.

이것만 있어도 굶어 죽을 염려는 없소. 다 무너져가는 사창가에 가더라도 잠시 트럼프로 시간을 때우려는 사람은 있게 마련 아니오. 나중에 우리 둘이 경험하게 될 거요. 그물을 치고 여기 있는 마부들이 걸려드나 어디 한번 봅시다. 그러니까 내 말은 우리 둘이 정말 노름을 하는 것처럼 먼저 트럼프를 치자는 말이오. 그리고 누군가 삼자가 나타나면 그 작자가 우리에게 돈벌이 해주는 첫 사람이 될 거라는 말이오.”

“당신 인생에 대해 이야기해준 것 정말 고맙게 들었소. 나도 어쩔 수 없이 내 속얘기를 털어놓아야겠는데 가급적 짧게 얘기하겠소. 나는 살라망카와 메디나 델 캄포 사이에 있는 한 성지에서 태어났소. 양복쟁이였던 아버지는 내게 그의 일과 가위질을 가르쳐주셨는데, 배짱 좋은 나는 감히 주머니들을 잘라냈지 뭐겠소. 난 마을의 옹색한 생활이나 계모의 애정 없는 태도에 짜증이 났다오. 그래서 재주를 펼쳐 보일 겸 고향을 떠나 톨레도로 갔소. 그리고 거기서 기적을 이루었다오. 설사 아르고스의 눈처럼 빈틈없이 감시한다 하더라도 조의금 함이든 돈주머니든 내 손가락이 닿지 않은 곳이 없었고 내 가위가 자르지 못하는 것이 없었으니 말이오. 그 도시에 머물렀던 넉 달 동안 잡힌 적도 없고, 포졸에게 기습을 당하거나 쫓긴 적도 없으며 들킨 적도 없었다오. 사실, 여드레 전 한 이중 염탐꾼이 내 재주를 촌장에게 밀고한 적이 있는데, 그 촌장은 내 재주에 반해 나를 한번 만나자고 했었소. 그러나 난 그렇게 높은 분과 만나고 싶은 생각이 없었고, 그래서 서둘러 도시를 나오는 바람에 돌아갈 때 쓸 마차나 수레는커녕 돈 한 푼 챙길 겨를이 없었던 것이오."

린콘이 말을 이었다.

"우리 이제 그런 말은 하지 맙시다. 이제 서로 알 만큼 알았으니 잘난 체하거나 교만을 떨 이유는 없을 게요. 동전 한 닢, 신발 한 켤레도 마땅한 게 없다고 고백합시다."

이름이 디에고 코르타도인 나이 어린 이가 대답했다.

"그게 낫겠소. 린콘 씨, 그대가 말했듯이 우리 우정은 영원할 것이니 칭송받을 만한 성스러운 의식으로 출발을 기념합시다."

디에고 코르타도는 일어서면서 린콘을 껴안았고 린콘 역시 부드러우면서도 힘차게 코르타도를 껴안았다. 그리고는 먼지는 털어냈지만 손때와 악습은 여전히 그대로인 예의 트럼프로 21점 게임을 시작했다. 몇 번 치지 않아 코르타도는 스승인 린콘만큼 에이스를 잘 털어갔다.

이때 한 마부가 바람을 쐬러 현관에 나왔다가 이들을 보고 트럼프 판에 끼어들고 싶어했다. 둘은 기꺼이 그를 맞아들였고, 반시간이 채 안 되어 12레알과 22마라베디를 벌었다. 마부로서는 열두 번 창을 맞고 2만 2천 번 고통을 당하는 꼴이었다. 마부는 이들이 나이 어린 젊은이들이라 제대로 방어하지 못할 것으로 생각하고 잃은 돈을 빼앗으려 덤벼들었다.

그러자 한 명은 중검(中劍)으로 다른 한 명은 노란 단검으로 마부를 공격해 들어갔는데 동료들이 나오지 않았더라면 마부는 큰 낭패를 볼 뻔했다.

때마침 말을 탄 길손들이 지나가고 있었는데, 반 리쯤 떨어진 알칼데 주막으로 낮잠을 청하러 가는 모양이었다. 그들은 마부가 젊은이들과 싸우는 것을 보고 싸움을 말리고 나서 젊은이들에게 세비야로 가려거든 자기들을 따라오라고 했다.

린콘이 대답했다.

"데려가주십시오. 시켜만 주시면 무엇이든 나리들께 봉사하겠습니다."

조금의 망설임도 없이 나귀에 올라탄 린콘과 코르타도는 성난 마부를 뒤로하고 길손들을 따라 세비야로 향했다. 한편 몰래 그들의 얘기를 듣고 있던 주막집 주모는 두 악동의 의젓함에 경탄해 마지않았다. 그 트럼프가 가짜였다는 이야기를 전해 들은 마부는 수염을 쥐어뜯으면서 잃은 돈을 되찾으러 뒤쫓아 가려 했다. 마부는 그 두 젊은이가 자기처럼 나이 많은 어른을 속였다는 것은 대단한 모욕이요 매우 버릇없는 짓이라며 투덜거렸다. 하지만 동료들은 자기의 무능함이나 어수룩함을 세상에 소문내고 싶지 않으면 차라리 가지 않는 편이 낫다며 그를 말렸다. 비록 그런 얘기들이 위안이 될 리는 없었지만, 마부는 그냥 주저앉을 수밖에 없었다.

한편, 코르타도와 린콘은 길손들을 받드는 데 재치가 이만

저만이 아니어서, 여행길의 대부분을 나귀 궁둥이 쪽에 타고 갈 수 있는 호의를 얻어냈다. 길손들 행랑의 반 이상이 자기들 손안에 들어와 있었으니 거기에 손이 갈 뻔한 적도 여러 번이었지만, 가보고 싶어했던 세비야 여행의 호기를 놓쳐서는 안 된다는 생각에 충동을 억눌렀다.

그러던 중 도시의 입구에 도착해 세관을 거치면서 출입 등록과 통행세를 지불하는 사이에 코르타도는 일행 중의 한 프랑스인이 나귀 등에 지워 가지고 온 행랑을 열어보지 않고는 견딜 수가 없었다. 그래서 자신의 칼로 행랑을 길고 깊게 베어, 비싼 셔츠와 해시계, 메모장을 몰래 훔쳐냈다. 하지만 그 물건만으로도 성에 안 차 다른 궁리를 하다가, 그 프랑스인이 나귀 등에 싣고 온 행랑의 무게를 그다지 느끼지 못해 눈치 채지 못한 것 같다는 생각에 한 칼 더 베어보려고 시도했다. 하지만 어쩌면 그가 이미 눈치 채고 남아 있는 물건에 주의를 두고 있다는 생각이 들어 그만두고 말았다.

도둑질에 나서기에 앞서 그때까지 그들을 데리고 온 사람들에게 작별 인사를 했다. 그리고 다음날 아레날 문밖 싸구려 시장에 셔츠를 내다 팔아 20레알을 받았다. 그리고서는 시내 구경을 나섰다. 대성당의 규모나 호화스러움에 그들은 경탄해 마지않았다. 때마침 출항 무렵인 여섯 척의 죄수선이 있는 강변에는 수많은 사람들이 모여들었는데 그 광경은 절로 탄식이 나오게 할 지경이었을 뿐만 아니라, 지은 죄가 큰 탓에 영원히 거기에 살러 오게 된 게 아닌가 하는 두려움까지 들게 했다. 때마침 그곳을 지나다니며 심부름하는 많은 젊은이들이 눈에 띄었다. 그들 중 한 젊은이한테 무슨 일을 하는 건지, 또 힘든 일인지, 그리고 수입은 얼마나 되는지 물어 정보를 얻어냈다.

그 젊은이는 아스투리아 출신이었는데, 자신의 직업이 편하고 세금도 내지 않으며 어떤 날은 대여섯 레알을 벌기도 해 마음껏 먹고 마시고 왕처럼 큰소리치며 사는 데다가, 시내 어느 술집에서나 언제든 자신을 찾으니 보증서를 달라는 주인을 찾아다닐 필요도 없으며 언제든지 먹고 살 수 있노라고 대답했다.

두 친구에게 아스투리아 젊은이의 이야기는 그럴듯하게 들렸고, 그 일이 그리 못마땅해 보이지도 않았다. 그들의 진짜 직업을 완벽히 위장할 수도 있는 데다가 모든 집에 마음 놓고 드나들 수도 있는 형편이었다. 특별한 심사 없이 일할 수 있었으므로 곧장 일에 필요한 집기들을 사들이기로 작정했다. 아스투리아 젊은이에게 무엇을 사야 되는지 묻자 각각 깨끗한 새 자루 하나와 고기와 생선과 과일을 나누어 담을 큰 광주리 두 개와 작은 광주리 하나씩을 준비해야 하며, 자루에는 빵을 담아야 한다고 대답했다. 그리고는 그것들을 파는 곳으로 안내했는데 그들은 프랑스인한테 훔친 돈으로 필요한 것을 모두 사들였다. 두 시간도 채 되지 않아 광주리를

든 모양새로 보나 자루 멘 솜씨로 보나 벌써 새 직업에 익숙
해진 듯이 보였다. 행동대장은 그들이 일할 장소를 알려주었
다. 아침에는 도축장과 산살바도르 광장으로, 생선 파는 날
에는 생선가게와 코스타니야로, 오후에는 언제나 강변으로,
목요일에는 장터로 나가는 것이었다.

그들은 모든 지시 사항을 염두에 두고 다음날 아침 일찍
산살바도르 광장에 진을 쳤다. 그곳에 도착하자마자 자루와
광주리가 윤이 나는 것을 보고 신참내기인 줄 알아채고 같은
일을 하는 젊은이들이 몰려들어 그들을 에워싸고 갖가지 질
문을 해오는 것이었다. 둘은 모든 질문 하나하나에 분별있고
절도 있게 대답했다. 거기에 학생인 듯 보이는 한 사람과 병
사 하나가 두 신참의 깨끗한 광주리에 눈길을 주며 다가와서
는, 학생은 코르타도를, 병사는 린콘을 각각 불러 세웠다.

"잘돼가나?"

그 둘이 말을 건넸다. 그러자 린콘이 대답했다.

"일의 시작이 괜찮은 것 같은데요, 나리. 먼저 개시를 해
주시니 말입니다."

병사가 이에 대답했다.

"개시가 나쁘지는 않지. 장 좀 봐줘야겠네. 애인이 생겼는
데 마침 오늘 애인 친구들한테 한턱내기로 했단 말일세.

"원하시는 대로 말씀만 하십시오. 광장 곳곳 어디든지 다
다닐 기운이 있습니다. 음식을 준비하는 데 제가 도와드릴

일이 있다면 무엇이든 기꺼이 해드립지요."

병사는 젊은이의 애교스러움이 마음에 들었다. 그리고는 자기를 따라다니면, 그런 맥 빠지는 일은 하지 않아도 될 거라고 말했다. 하지만 린콘은 그날이 첫날이라, 적어도 일이 괜찮은지 아니면 마음에 들지 않는지 알 때까지는 그렇게 일찌감치 집어치우고 싶지는 않다고 대답했다. 하지만 일이 만족스럽지 않을 때는 언제든 수도승보다도 먼저 그를 섬기겠노라고 약속했다.

린콘의 대답을 들은 병사는 웃었다. 그리고는 잔뜩 일을 맡기며, 후에 또 심부름을 보낼 때 동행할 필요가 없도록 여자의 집을 알아두라고 했다. 린콘은 성심껏 일을 처리하겠노라고 다짐했다. 병사는 그에게 3콰르토를 주었다. 린콘은 기회를 놓치지 않으려고 날듯이 단숨에 광장으로 되돌아왔다. 그렇게 부지런하게 행동하라는 요령은 아스투리아 젊은이가 이미 일러준 것이었다. 또한 작은 생선을 나를 때는, 철갑상어나, 정어리, 또는 넙치 같은 것이 있으면 몇 개 집어 먹기도 하고 그날 수고도 만회할 겸 맛보기 감식도 할 수 있다고 일러주었다. 그러나 중요한 건 일처리를 민첩하고 용의주도하게 해서 그 직업에서 무엇보다 중요한 신용을 잃지 않도록 해야 한다고도 일러주었던 것이다.

린콘은 그 자리에 이미 돌아와 있던 코르타도를 만났다. 코르타도는 린콘에게 다가가 일이 어떻게 되었느냐고 물었다. 린콘은 손을 벌려 3콰르토를 보여주었다. 코르타도는 가슴에 손을 넣어 한때 호박 주머니였음직한 주머니 하나를 꺼냈다. 그 주머니는 꽤나 두둑해 보였다. 그리고 린콘에게 말했다.

"아까 그 학생은 내게 이것을 대신 주고도 2콰르토를 더 주었소. 그런데 린콘, 무슨 일이 일어날지 모르니 이것을 잠시 당신에게 맡겨두겠소."

주머니를 은밀히 린콘에게 넘겨주었을 때, 땀범벅이 된 그 학생이 거의 초죽음이 되어 되돌아왔다. 그리고 코르타도에게 이러저러한 주머니를 못 보았느냐며 물었다. 안에 금화 15에스쿠도와 3레알과 콰르토와 옥타바짜리 수십 마라베디가 든 그 주머니를 잃어버렸는데 혹시 장보러 다니는 사이에 그것을 가져가지 않았느냐는 것이었다. 그러자 코르타도는 교묘하게 시치미를 떼며 얼굴색 하나 변하지 않고 이렇게 대꾸했다.

"그 주머니에 대해 제가 말씀드릴 수 있는 것은 나리께서 부주의하지 않았던들 잃어버렸을 리가 없다는 것입니다."

그러자 학생이 응수했다.

"아무렴! 제기랄! 내가 부주의했었으니 누가 훔쳐가질 않았겠나!"

"그럼 그렇지요. 허나, 죽는 일이 아닌 한 모든 일에는 다 방법이 있게 마련이지요. 나리가 할 일은, 무엇보다 먼저, 참

을성 있게 대처하는 겁니다. 하늘이 무너져도 솟아날 구멍이 있는 법입니다. 하루가 지나면 다른 날이 오고, 주는 것이 있으면 받는 것도 있게 되지요. 시간이 지나면 주머니를 가져간 자가 뉘우치고 돌아와 나리께 오히려 돈을 더 불려서 되돌려줄 수도 있는 법입니다.”

“돈을 더 불려 오는 것에 대해서는 그냥 가지라고 하고도 남지.” 학생이 대답했다.

코르타도는 말을 이어갔다.

“게다가 말입니다. 장물아비에 대한 추방장도 있지 않습니까. 부지런하면 좋은 일이 있는 법이지요. 나야 사실 그런 주머니는 갖고 싶지도 않습니다. 아마 나리가 성직을 갖고 계신 분이라면, 근친상간이나 불경죄 같은 것을 범한 것 같은 기분이 들 테니 말입니다.”

학생은 괴로움에 못 이겨하며 그 말에 대꾸했다.

“뭐라고! 불경죄를 범했다고! 나는 사제가 아니라 수녀들의 성기계(聖器係) 승려이며 주머니의 돈은 예배당 헌금일세. 그건 내 친구 사제가 걸으라고 한 것이니, 성스러운 축복의 돈일세.”

이때 린콘이 끼어들었다.

“모두 제각기 벌어가는 겁니다. 당신이 번 것을 제가 차지할 이유가 없지요. 심판의 날이 올 것이고 그때다 되면 모든 게 명백하게 드러날 것입니다. 누가 죄인이고, 또 누가 무모하게 예배당의 헌금을 훔쳐 더럽힌 자인지 밝혀질 겁니다. 그런데 도대체 일 년에 얼마나 수익금을 올리십니까? 승려 나리, 사실대로 말씀이나 해보시지요."

"무슨 놈의 수익금이란 말인가!" 승려는 지나치게 흥분하면서 대답했다. "이보게, 알고 있으면 말해주게나. 그렇지 않으면 잘 있게. 여기저기 말 좀 해놔야겠네."

"나쁜 생각은 아닌 것 같네요." 코르타도가 말했다. "하지만 주머니의 특징이나 그 속에 들어 있던 돈이 얼마인지 정확하게 알고 있어야 한다는 것을 잊지 마십시오. 한 치라도 틀리면, 이 세상 끝까지 가도 안 나타날 겁니다. 그럴 수밖에 없겠죠."

"그런 건 걱정할 필요 없네." 승려는 대답했다. "종 치는 횟수보다 더 잘 기억하고 있네. 한 치도 안 틀릴 걸세."

그러면서 봇짐에서 수놓인 손수건을 꺼내 얼굴에 하수도에서처럼 비 오듯 쏟아지는 땀을 닦았다. 그 손수건을 보자마자 코르타도는 그것을 제 것으로 점찍었다. 승려가 돌아가자, 코르타도는 뒤쫓아가 그라다스 광장에서 그를 따라잡고 한쪽으로 불러 세운 뒤 주머니를 되찾을 희망이 있는 것처럼 횡설수설하며 속임수를 쓰기 시작했다. 그의 말은 밑도 끝도 없는 거짓말이었지만 가엾은 승려는 혼이 빠진 채 듣고만 있었다. 그리고 그의 말을 잘 이해하지 못해 설명을 두 번 세 번 다시 하게끔 했다.

코르타도는 시종일관 눈을 떼지 않고 승려의 얼굴을 뚫어
지게 쳐다보고 있었다. 승려도 그의 말에 빠져 똑같은 자세
로 그를 쳐다보고 있었다. 이렇게 혼을 뺀 후 코르타도는 일
을 마무리 지었다. 봇짐에서 교묘히 손수건을 꺼낸 다음 헤
어지면서 오후에 같은 장소에서 다시 만나자고 했다. 그리고
는, 그와 같은 직업을 가진 듯한 좀도둑놈같이 생긴 한 젊은
이가 주머니를 훔치는 걸 보았는데 며칠 또는 수일 내에 알
아보겠노라고 말했다.

이런 말에 위안을 얻은 승려는 코르타도와 헤어졌다. 코르
타도는 멀찌감치에서 모든 것을 지켜보고 있던 린콘에게로
다가갔다. 이때 멀리에선 한 광주리 젊은이가 그들이 벌인
모든 일들과 코르타도가 린콘에게 손수건을 주는 것까지 지
켜보고 있었다. 그리고는 이내 그들에게 다가와 물었다.

"젊은이들, 말 좀 해보시오. 손버릇이 좀 고약하지 않소."

"무슨 말씀인지 이해할 수가 없군요." 린콘이 대답했다.

"도(盜)선생 나리들, 이해를 못 하시겠다구요?" 그 젊은이
가 응수했다.

"도(盜)선생이고 나발이고 우리는 그런 것 모르오." 코르
타도가 말했다. "할 얘기가 있으면 해보든가, 그렇지 않으면
꺼지시오."

"이해를 못 한다고?" 젊은이가 말했다 "그럼 이해도 시켜
주고 마시게도 해드리지. 은수저로 한 숟가락씩 말이오. 그

130

러니까 그대들이 도둑이냐고 묻지 않소. 다 알면서 왜 또 묻는지 나도 모르겠군. 그러나 말 좀 해보시오. 어쩌자고 모니포디오 나리의 세관에 들르지 않았는지 말이오."

"여보시오, 여기서는 도둑도 통관세를 냅니까?" 린콘이 물었다.

"내지 않으면, 적어도 모니포디오 나리 앞에서 검사는 받아야 하오." 젊은이가 대답했다. "모니포디오는 도둑들의 아버지요, 스승이요 보호자이시라오. 그러니 그에게 충성 서약을 하러 가라고 충고하고 싶소. 그렇지 않으면 그의 허락 없이 도둑질도 못 할뿐더러, 그랬다가는 비싼 대가를 톡톡히 치르게 될 것이오."

"난," 코르타도가 말했다. "도둑질하는 건 공물이니 세금이니 하는 것과는 무관한 자유 직업인 줄 알았소. 뭐 굳이 지불할 게 있다면, 한꺼번에 목을 내놓거나 등을 내맡기는 것밖에 더 있으랴 생각했단 말이오. 그러나 지방마다 관습이 있는 법이니 우리도 이곳의 법을 따릅시다. 세계에서 제일 중요한 곳이니 법도 가장 훌륭할 것 아니겠소. 그러면 그대가 말하는 나리가 있는 곳으로 안내하시오. 그대가 말하는 대로라면, 아주 훌륭하고 관대하며 직업적으로도 유능한 분일 거라는 짐작이 듭니다."

"어찌 훌륭하고, 유능하고, 만족스럽다 뿐이겠소." 젊은이가 응수했다. "워낙 좋으신 분이라서 우리들의 어른이자 아버지가 되신 지 4년이 되었는데도 그동안 교수형을 당한 자는 넷밖에 안 되고, 태형 당한 자는 30명, 그리고 죄수선 노역형에 처해진 자는 고작 72명에 불과하지요."

"젊은이, 바로 그런 것들로 사람의 위인됨을 알아볼 수 있는 거라오." 린콘이 말했다.

"자, 갑시다. 가면서 얘기하지요. 그 밖에도 입에 붙은 빵처럼 알아두어야 할 말 두 가지가 더 있소."

그리고는, 이런저런 얘기를 해가며 은어라고 하는 다른 표현들에 대해 설명해주었다. 가는 길이 짧지 않았던 만큼 얘기도 짧을 리 없었다. 길을 가다 린콘은 안내하는 젊은이에게 물었다.

"혹시 당신도 도둑 아니오?"

"그렇소," 그가 대답했다. "그것은 신을 섬기고 선량한 시민들에게 봉사하기 위한 것이지요. 아직 숙련돼 있지는 못하지만 말입니다. 난 아직 수습기에 있다오."

그에 대해 코르타도가 응수했다.

"세상에 신을 섬기고 선량한 시민에게 봉사한다는 도둑 얘기는 난생처음 듣는데요."

젊은이가 답변했다.

"여보시오, 나는 신학 나부랭이는 들먹거리지 않겠소. 내가 아는 바로는 각자는 제 직업에서 신을 예찬할 수 있는 것이오. 더군다나 모니포디오가 그의 모든 양아들들에게 내린 계시에도 분명히 그런 게 명시돼 있다오."

"도둑들로 하여금 하느님을 섬기게 한다니 훌륭하고 성스러운 것임이 틀림없겠소이다." 린콘이 말했다.

"너무도 성스럽고 훌륭해서 그를 능가할 이가 있을지 모르겠군요. 그는 우리에게 훔친 것 중 일부는 이 도시의 성상을 밝히는 등기름에 쓰도록 주거나 적선하라고 지시했소. 사실 이러한 덕행으로 기적이 일어나는 것을 보아왔지요. 얼마 전에는 나귀 두 마리를 훔친 짐승 도둑이 물고문을 세 차례 당했지요. 몸도 약한 데다가 나흘 열까지 있었지만 아무것도 불지 않고 그 물고문을 견뎌내더란 말입니다. 그 인내를 우리는 훌륭한 신앙 덕택으로 생각했지요. 그의 완력으로는 망나니의 첫혼빼기를 견뎌내기에도 힘겨웠을 터였는데 말이오. 참, 내가 말하는 것 가운데 이해 못 하는 단어들이 있을 테니 묻기 전에 먼저 설명해두는 것이 낫겠소. 짐승 도둑이란 가축들만 전문으로 훔치는 자들이요, 첫혼빼기란 망나니의 첫번째 오랏줄 돌리기를 말하는 것이오. 또 우리는 일주일 내내 염주를 돌리며 기도도 하지요. 그리고 금요일에는 대부분이 도둑질을 삼간다오. 토요일에는 마리아라는 이름의 여자와는 말을 하지 않고 지내구요."

"대단하군." 코르타도가 말했다. "그런데 그 밖의 죄에 대한 다른 대가를 치르거나 속죄 행위가 이루어지나요?"

"대가 따위는 말도 마시오." 젊은이가 대답했다. "그건 불

가능한 것이니 말이오. 장물들은 여러 부분으로 나뉘어 관리
들이나 동업자들이 각기 가져간다오. 처음 도둑질하는 사람
에게 대가 같은 것은 아무것도 없지요. 우리가 고해 성사를
하는 법이 없으니까 그런 부지런을 떨라고 명하는 사람도 없
다오. 그리고 파문령이 떨어져도 우리한테 소식이 전달되지
를 않지요. 축제날이거나 많은 사람이 모여 소득이 있을 법
한 날이 아니면 교회에 가는 법이 없으니까요."

"그래, 그렇게 하는 것만으로 자기들 삶을 성스럽고 선량
한 것이라 말한다는 말이오?" 코르타도가 물었다.

"그러면 뭐 나쁘기라도 하단 말이오?" 젊은이가 대답했
다. "이단이나 변절이나, 또는 존속 살해나 혹은 '소도둑'인
가 하는 놈보다는 낮지 않소?"

"소도둑이 아니라 '소돔'이지요." 린콘이 응수했다.

"맞소." 젊은이가 말했다.

"그게 모두 나쁜 거지요." 코르타도가 말했다. "그러나 무
슨 팔자소관인지 우리가 이왕 이 도당에 들어왔으니, 그대는
길 안내나 잘해주시오. 그렇게 덕이 높다는 모니포디오 나리
를 보고 싶어 죽겠소."

"여기서 벌써 집이 보이니, 곧 바라는 대로 될 거요. 그대
는 문 앞에 계시오. 내가 들어가 시간이 되는지 볼 테요. 지
금이 그가 방문을 받는 시간이니 말입니다."

"잘해보시오." 린콘이 말했다.

젊은이는 근사하기는커녕 외양이 형편없는 집 안으로 들어갔고, 나머지 둘은 문 앞에서 기다렸다. 조금 뒤 젊은이가 나와 그들을 불렀고 두 사람은 그를 따라 안으로 들어갔다. 깨끗하고 잘 닦여 매우 세련된 양홍빛이 부어진 것 같은 벽돌로 꾸며진 작은 정원에 들어서자 안내자는 잠시 그들을 기다리게 했다. 한쪽에는 세 치짜리 벤치가 있고 다른 쪽에는 이 빠진 항아리가 있었는데 위에는 그 항아리 못지않게 망가진 작은 항아리가 하나 더 있었다. 또 다른 쪽에는 향포 돗자리가 있었고, 가운데에는 세비야에서 마세타라 불리는 박하 화분이 있었다.

두 젊은이는 모니포디오가 내려오기를 기다리는 동안 집 안의 물건들을 주의 깊게 살펴보았다. 기다리는 시간이 길어지자 린콘은 정원에 있는 두 개의 작은 방 중 한 곳으로 들어가보았다. 거기에는 두 개의 검과 두 개의 방패가 네 개의 못에 걸려 있었고, 뚜껑이나 덮을 것 없는 함 하나 그리고 바닥에 펼쳐진 향포 돗자리 세 개가 있었다. 벽의 정면에는 제대로 색깔이 찍혀 나오지 않은 성모 마리아 상이 붙어 있었고, 그 아래는 종려나무 광주리가, 벽에는 하얀 주걱이 걸려 있었다. 린콘은 그것이 적선함과 성수 그릇으로 쓰이려니 생각했는데 사실 그러한 용도로 쓰이는 것이었다.

그러는 사이에, 학생 옷차림을 한 스무 살 가량 되어 보이는 두 젊은이가 안으로 들어왔고, 조금 후엔 광주리를 멘 젊은이 둘과 장님 하나가 들어왔다. 그들은 말 한마디 없이 정원을 산책하기 시작했다. 오래지 않아 두루마기를 걸치고 안경을 쓴 두 노인이 들어왔는데 그들은 근엄하고 존경스러운 모습이었으며, 손에는 묵주를 소리 나게 헤아리고 있었다. 그들 뒤로 긴 치마를 입은 노파 하나가 들어왔는데, 그 노파는 아무 말 없이 거실로 들어가 성수를 뜨고는 경건하게 성상 앞에 무릎을 꿇었다. 방 끄트머리에서 먼저 바닥에 입 맞추고 두 팔과 두 눈을 하늘로 여러 번 치켜들더니만 일어서서 광주리에 적선하고 다른 사람들과 함께 정원으로 나갔다. 결국, 잠깐 사이에 정원에는 서로 다른 옷과 다른 직업을 가진 사람들이 열네 명이나 모여 있게 되었다. 얼마 후엔 용기 있고 눈부신 두 젊은이가 나타났는데, 콧수염이 길고, 챙이 넓은 모자에, 목깃이 넓고, 색깔 있는 양말에 엉성한 대님을 매고, 금지된 칼을 차고, 단검 대신에 각각 총을 차고, 벨트에 보호대를 달고 있었다. 그들은 들어서자마자 모르는 사람이라 이상하다는 듯이 린콘과 코르타도에게 눈길을 주었다. 그리고는 그들에게 다가와 자신의 패거리에 속해 있는지 물었다. 린콘은 그렇다고, 그리고 그들의 충성스런 동지들이라고 대답했다.

그때 드디어 모니포디오가 내려왔다. 그렇게 기다린 만큼 수행단의 모습도 볼 만했다. 그는 마흔 대여섯 쯤 되어 보였는데, 체격은 장골에 얼굴색은 검었고 미간은 좁았으며 수염은 검고 숱이 많았고 눈은 움푹 들어가 있었다. 그는 셔츠 바람이었는데, 앞섶을 열어놓아 검은 숲이 드러났다. 가슴의 털이 그 정도였던 것이다. 두루마기는 발끝까지 내려와 있었고, 뒤축 없는 구두를 신고 있었다. 아마 바지로 다리를 가렸는데 바지는 통이 넓고 복사뼈까지 내려올 정도로 길었다. 모자는 건달들의 것이었는데 더미가 종 모양이고 챙이 넓었다. 어깨로부터 등과 가슴에 대각선으로 멘 멜빵에는 무어인 장수 페리요의 것 같은 넓적하고 짧은 칼이 걸려 있었다. 손은 짧고 털이 많았으며, 손가락은 굵고 두꺼웠고, 손톱은 연하면서도 단단해 보였다. 다리는 드러나지 않았으나 발은 놀랄 만큼 넓적하고 엄지발가락이 컸다. 요컨대 그의 모습은 세상에서 가장 촌스럽고 기형적인 야만인의 모습이었다. 그와 함께 린콘과 코르타도를 안내해온 사람이 내려와 두 사람의 손을 잡고 모니포디오에게 그들을 소개하면서 말했다.

"모니포디오 나리, 이 사람들이 제가 말씀드린 훌륭한 두 젊은이입니다. 나리께서 저들을 검사해보시면, 우리 사회에 들어올 만한 자들이라는 것을 알게 되실 겁니다."

"아무렴, 그렇게 하지." 모니포디오가 대답했다.

모니포디오가 내려오자마자, 기다리고 있던 모든 사람이 오래 깍듯한 예의를 갖추었다. 그러나 앞서 말한 그 용감해 보이는 두 사람은 예외였는데, 그들은 흔히 그들 사이에 반쯤 유약이 발라졌다고 말하는 모자를 벗어 보일 뿐이었다.

그리고 그들은 다시 정원 한 모퉁이에서 이리저리 산책을 했다. 다른 쪽에서는 모니포디오가 이리저리 다가가다 신입자들과 마주치자 그들이 하는 일과 고향과 부모에 대해 물었다.

그에 대해 린콘이 대답했다.

"하는 일에 관해서는 나리 면전까지 왔으니 이미 짐작하실 테고요, 고향은 얘기하는 것이 그다지 중요한 것 같진 않네요. 부모님에 대해서도 마찬가지일 듯싶습니다. 뭐 명예로운 의장을 받으려고 신원 조회하는 것도 아니니 말입니다."

이에 대해 모니포디오가 대꾸했다.

"여보게, 자네 말이 맞네. 자네 말대로 덮어두는 게 잘하는 일이지. 만일 운이 팔자대로 안 풀려, 서기의 공증 구절 하단이나 족보에 '아무개의 아들, 어디 사람, 몇 월 몇 일 교수형, 또는 태형' 또는 그 비슷하게 선량한 사람들 귀엔 좋게 들릴 리 없는 그런 것들이 씌어지면 뭐 좋을 게 있겠나. 그래서 되풀이 말하는데, 고향과 부모에 대해 감추고, 제 이름을 바꾸는 것은 유익한 일이라 이 말이네. 우리들 사이에야 감출 게 아무것도 없을 터이지만 말이야. 오늘은 자네 두 사람 이름만은 알고 싶네."

린콘이 제 이름을 말했고, 코르타도도 역시 제 이름을 말했다.

"앞으로는 자네 린콘은 린코네테로 부르고, 자네 코르타도는 코르타디요로 부르도록 하게나. 그건 내가 바라는 것이고, 그게 자네들 나이로 보나 우리 사회의 규칙으로 보나 잘 어울리는 이름일 것일세. 규율에 따르면 우리 조직 선배들의 이름을 알 필요가 있네. 도둑질한 것의 일부를 적선으로 떼어내, 매년 고인들의 영혼과 선행자들을 위한 미사를 갖는 것이 우리 풍습이기 때문일세. 그런 미사를 드리고 공양을 바쳐 기도를 올리면 돌아가신 영혼들에게 도움을 줄 수 있다고들 하네. 우리에게 선행을 베풀어준 사람들에게도 마찬가지네. 우리를 지켜주는 관리들이나, 우리에게 미리 정보를 주는 순사들이나, 우리를 가엾이 여기는 망나니나, 우리들 중 누가 거리에서 도망칠 때 사람들이 '도둑이야! 도둑이야! 잡아라! 잡아라!'라고 소리치며 쫓아오는 것을 가로막아 저지하고는 '근심 걱정 많은 사람을 놔둬요! 지독히도 재수 없는 사람인데. 그냥 둬요! 제 죄로 벌 받으면 되지'라고 말하는 사람이나 말일세. 감옥이나 갈레라에서 땀 흘려 우리를 구해주는 구세주 여인들[1]도, 우리를 세상에 내던진 부모들도, 행동만 잘하면 책임질 일도 벌 줄 죄도 없을 저 공증 서기들도 역시 우리에겐 선행가들일세. 내가 말한 이들 모두를 위해서 우리 조직은 할 수 있는 한 최대한 성대하고 장엄하게 해마다 추모제를 지내는 것일세."

새 이름을 얻은 린코네테가 말했다. "분명, 그것은 들은

---

1) 몸 판 돈을 모아 죄수를 구해주는 창녀를 가리킴.

바대로 모니포디오 나리의 고매하고도 높은 덕과 재능으로 가능했을 겁니다. 하지만 저희 부모님들은 아직 살아 계십니다. 추모 미사에 부모님까지 가능하다면, 그 기도식 혹은, 나리께서도 지적하신 대로 성대하고 장엄하게 치르는 추도제가 부모님의 영혼을 위해서도 열릴 수 있도록, 그 행복하고 이름난 모임에 대한 소식을 전하겠습니다."

"마땅히 그래야지. 그리 안 하면 못된 사람이네." 모니포디오가 응수했다.

그리고는 안내자를 불러 말했다.

"여보게, 간추엘로, 경계병은 잘 세웠나?"

"물론입죠." 간추엘로라 불리는 안내자가 말했다. "세 명의 보초가 망을 보고 있습니다. 기습당할까 걱정하실 필요는 없습니다."

"자, 우리 얘기로 돌아가서," 모니포디오가 말을 이었다. "자네들이 아는 바를 알고 싶네. 자네들 취향과 능력에 맞는 일자리와 일거리를 주어야 하지 않겠나."

"저는 말입니다," 린코네테가 대답했다. "빌란의 카드 속임수를 좀 알지요. 카드 바꿔 뜨기도 잘하고, 남들의 속임수에 눈이 밝아 못하는 게 없이 다 잘 칩니다. 카드장을 깎아내거나, 눌러놓거나, 문질러놓아 촉각으로 식별하는 데도 도사지요. 집 드나들듯이 정확하게 떠야 할 자리를 뜨지요. 둘이 짜고 한 사람 잡기도 나폴리 사람보다 잘하고요, 일류 도박꾼에게 좋은 패가 안 가게 하는 데도 명수지요."

"그거야 초보적인 것들 아닌가." 모니포디오가 말했다. "모두 잘 알려진 속임수란 말이네. 너무 흔해서 초보자들조차 모르는 이가 없다구. 기껏해야, 초저녁에 박살날 순진한 사람에게나 써먹을 수 있겠지. 시간을 두고 보자구. 거기에 관해 열두 강좌 정도만 듣고 나면 신에 맹세코 자네는 유명한 꾼이나 더 나아가서는 도사의 경지에까지 이를 걸세."

"그 모든 게 다 나리와 우리 동료들을 위한 것 아니겠습니까." 린코네테가 대답했다.

"그러면, 코르타디요, 자네는 할 줄 아는 게 뭐가 있지?" 모니포디오가 물었다.

"저는 소매치기에 아주 능하지요. 더듬어보기만 해도 봇짐에 뭐가 들었는지 정확하고 능수능란하게 맞출 줄 압니다." 코르타디요가 대답했다.

"할 줄 아는 게 더 있나?" 모니포디오가 말했다.

"변변치 못해서, 더는 없습니다." 코르타디요가 대답했다.

"걱정 말게나, 이 사람아." 모니포디오가 말했다. "자네는 이제 자네에게 적합한 모든 일을 익숙하게 터득할 때까지는 삼키지 않는 항구요 졸업도 시키지 않는 학교에 들어온 걸세. 어때? 기운이 나는가, 이 사람아?"

"어떻다니요? 사기가 하늘을 찌릅니다." 린코네테가 말했다. "우리의 능력에 닿는 일거리라면 무슨 사업이든지 착수

할 수 있을 만큼 기운이 납니다."

"좋으이." 모니포디오가 응수했다. "그런데, 필요하다면, 또 한 가지 시켜보고 싶은 것이 있네. 입을 떼거나, '이 입은 내 것이오'라고 말하지 않고 물고문 대여섯 번을 받을 수 있는지 시험해보고 싶네."

"모니포디오님, 여기에 와서 물고문이 어떤 것인지 이미 알게 되었을 뿐만 아니라, 이젠 무엇이든 감당할 준비가 되어 있습니다. 흔히 혀가 목값을 한다는 말을 이해하지 못할 정도로 무지하지는 않으니까요. 게다가 하늘은 용기 있는 자에게 은혜를 베풀어, 다른 작위는 주지 않더라도 혀로 생사를 걸 수 있는 능력은 내려주신 것입니다. 마치 '아니오'가 '예'보다 글자 수가 많기라도 한 것처럼 말이지요."

"그만, 더 이상은 필요 없네!" 이때 모니포디오가 말했다. "자네들의 그 말 한마디만 들어도 지금부터 자네들을 내 책임 하에 동지로 맞아들이고 수습 기간을 생략해도 충분할 것 같군."

"저도 동감입니다." 예의 용맹스런 두 사람 중 하나가 말했다.

그리고 거기 있던 모든 사람들이 한 목소리로 그의 말에 동의했다. 이야기를 처음부터 다 듣고 있던 그들은 린코네테와 코르타디요의 호감 가는 외모와 훌륭한 언변이 그만한 가치가 있으므로 그들 결사의 면책권을 누릴 수 있도록 할 것을 모니포디오에게 건의했다.

모니포디오는, 모두가 만족스럽도록 그때부터 면책권을 부여하겠노라고 대답하면서, 그것은 첫 도둑질한 것의 신고세를 지불하지 않아도 되는 것을 뜻하는 것이니 이를 적지아니 고맙게 여겨야 한다고 했다. 또한, 그해 한 해 동안은 잔무로부터 면제시켰다. 즉, 동업자들로부터 선배 동지들에게 감옥이나 집으로 메시지를 전달하는 것 따위는 하지 않아도 되었다. 또한, 고급 와인을 마시는 것, 원하는 대로, 원하는 곳에서, 원할 때, 십장의 허락을 구하지 않고도 연회를 열 수 있는 것과, 선배 동지들 지역에 소속원 자격으로 드나드는 것과, 그 밖에 각별한 호의로 여겨지는 여러 가지 사항을 허락했으며 나머지 사람들도 정중한 말로 이에 기꺼이 동의했다.

그러던 중 한 대원이 헐떡거리며 뛰어 들어와 말했다.

"부랑아들을 잡는 순사가 지금 이리로 오고 있는데, 포졸들은 안 데리고 오는데요."

"아무도 소동 피우지 말게." 모니포디오가 말했다. "그는 우리의 친구야. 우리를 해치러 오지는 않아. 조용히들 있게. 내가 나가서 말해보겠네."

잠시 떠들썩했지만 이내 모두 잠잠해졌다. 모니포디오가 문으로 나가 순사를 만났다. 그와 잠시 얘기를 나눈 뒤에, 다시 들어와 물었다.

"오늘 산살바도르 광장을 맡은 사람이 누구지?"

"접니다." 예의 안내자가 대답했다.

"그런데 어째서 오늘 아침 거기서 갈취한 호박 주머니와 금화 15에스쿠도, 3레알과 콰르토 얼마에 대해 내게 얘기하지 않았나?" 모니포디오가 물었다.

"오늘 그 주머니가 사라진 건 분명한 일이에요. 그런데 전 훔치지 않았을뿐더러 누가 가져갔는지도 모르겠습니다." 안내자가 말했다.

"나한테 속임수란 있을 수 없네! 주머니는 나타날 거야! 순사가 달라고 하잖아. 그는 친구이고 우리한테 해마다 좋은 일을 많이 했다구." 모니포디오의 말이었다.

젊은이는 주머니에 대해 결코 아는 바가 없다고 다시 맹세했다. 모니포디오는 눈에서 활활 불을 뿜는 것처럼 노여움을 터뜨리며 말했다.

"아무도 우리 조직의 규율을 한 치라도 어겨 웃음거리를 만들어서는 안 되네! 그런 자는 곧 끝이야! 주머니를 내놔! 세금을 내지 않으려고 감추고 있다면, 그에 해당하는 것을 온전히 보상해주겠네. 안 되면 우리집에 있는 것을 내놓겠다구. 어쨌든 순사는 만족스럽게 해 보내야 할 것 아닌가."

젊은이는 재차 맹세했고, 그런 주머니는 갖지도 않았을뿐더러 본 적도 없다고 말하면서 저주까지 퍼부었다. 이 모든 것이 모니포디오의 노기에 불을 댕겼고, 모여 있는 모든 이들 역시 그들의 올바른 규율과 규칙들에 위반되는 것이라며 소동을 피웠다.

그런 불화와 소동을 본 린코네테는 우선 그들을 진정시키고 격분해 있는 모니포디오를 만족시키는 것이 좋을 것 같다는 생각을 했다. 친구 코르타디요와 상의해 동의를 구한 후 승려의 주머니를 꺼내 들고는 이렇게 말했다.

"여러분, 자 그만 좀 합시다. 이것이 그 주머니입니다. 순사가 말하는 것하고 하나 틀린 게 없지요. 오늘 우리의 동료 코르타디요가 낚아챈 것인데, 여기에 덤으로 손수건도 같이 뺏어 왔답니다."

이어서 코르타디요가 손수건을 꺼내 보여주었다. 그것을 보고 모니포디오가 말했다.

"여보게 선량 코르타디요, 앞으로는 이 '선량'이라는 칭호 겸 부명을 쓰도록 하게나. 손수건은 자네가 갖되 자네의 봉사로 얻는 만족은 내 몫일세. 주머니는 순사가 가져가면 되네. 그의 친척 하나가 승려라 하니 말일세. 오늘은 '닭 한 마리 다 주는 사람에게 다리 한쪽 주는 게 대수인가'라는 속담이 지켜지는 게 좋겠네. 이 선량한 순사는 우리가 백 일 동안 너그럽게 봐줄 수 있는 것 이상으로 하루 동안에도 더 많은 것을 봐줄 수 있다네."

모두가 그 두 신참의 사리 분별력을 인정하고 우두머리의 결론과 의견을 받아들였다. 곧 우두머리가 나가 주머니를 순사에게 넘겨주었다. 무어인들에게 잡힌 외아들을 죽이려고 타리파의 성벽으로 칼을 던진 '선량' 돈 알론소 페레스 데 구스만이라도 된 것처럼 코르타디요는 '선량'이란 칭호를 얻은 것이 재차 확인되었다.

모니포디오는 두 처녀와 같이 들어왔다. 그 처녀들은 얼굴에는 화장을 하고, 입술에는 분을 칠하고, 능견 반코트로 가슴을 덮고 있었으며, 발랄하고 부끄럼이 없어 보였다. 린코네테와 코르타디요는 이들이 매춘부들이라는 걸 알아차렸는데 틀림없는 사실이었다. 그녀들은 들어오자마자 팔을 벌리고 하나는 치키스나케에게로 다른 하나는 마니페로에게로 다가갔다. 그들은 앞서 얘기한 용맹스러운 두 명의 젊은이들이었다. 마니페로라는 이름은 철권이라는 뜻인데 벌로 잘린 손 대신에 쇠를 달고 다니기 때문에 붙은 이름이었다. 그들은 아주 흥겹게 처녀들을 얼싸안고는 목을 축일 만한 것을 가지고 왔느냐고 물었다.

"아니, 우리 서방님, 어찌 그걸 잊었겠습니까?" 가난시오사라 불리는 여자가 대답했다. "그대의 하인 실바토가 신에게 바칠 것으로 가득 채운 광주리를 들고 곧 들어올 겁니다."

말 그대로였다. 곧 한 젊은이가 면포로 싼 광주리를 들고 들어왔다.

실바토가 들어오자 모두들 즐거워했다. 모니포디오는 즉시 침실에 있는 향포 돗자리를 꺼내 정원 한가운데에 깔도록 했다. 그리고는 모두 둥글게 둘러앉게 했다. 그렇게 둘러앉아 음식을 들며 이야기를 나눌 수 있게 하려는 것이었다. 그러자 성상 앞에서 기도하던 한 노파가 말했다.

"여보게 모니포디오, 내가 지금 이렇게 놀고 있을 때가 아닐세. 이틀 전부터 혼이 빠져 미칠 지경이거든. 정오가 되기 전에 기우의 성모 마리아와 성 오거스틴 성 십자가 앞에 성촉(聖燭)을 밝히고 예배를 올려야 하네. 눈이 오든 바람이 불든 중단해서는 안 되는걸세. 내가 여기에 온 이유는 어젯밤 레네가도와 센토피에스가 우리집에 지금 흰 옷가지가 담겨 있고 이 광주리보다 더 큰 광주리를 가져왔기 때문일세. 그 가엾은 녀석들이 그걸 어쩌지 못하고 큼지막한 땀방울을 흘려 얼굴이 온통 땀범벅이 된 채 헐떡이며 들어오는 꼴을 보니 천사 같기도 했지만, 불쌍하기 그지없었네. 도축장에서 양을 달아 판 목축업자를 보고, 가지고 가는 큰 돈보따리 좀 만져볼까 따라간다고 했어. 흠 없는 내 양심만 믿고 광주리도 안 풀어보고 옷가지도 세어보지 않았다네. 나도 광주리에는 손도 안 대서 처음에 있던 그대로 있으니 내가 바라는 대로 잘 집행해주었으면 좋겠네."

"수녀님, 모두 그러리라 믿습니다." 모니포디오가 대답했다. "광주리는 그대로 두시지요. 해질녘에 내가 가서 거기 있는 것을 점검해보고, 우리 관례대로 각자에게 해당하는 것을 어김없이 올바로 나누어주겠습니다."

"분부대로 하겠네." 노파가 대답했다. "더 늦기 전에 가야

겠군. 늘 기진맥진해 다니는 내 뱃속 좀 위로하게 마실 게 있
으면 한 모금만 주시게나.”

“아이구, 드시겠다구요!” 이때 에스칼란타로 불리는 가난
시오사의 동료가 말했다.

그리고는 광주리를 뒤져 2아로바[2]쯤 되는 포도주가 든 가
죽 모양의 술항아리를 찾아내고, 인색하지 않게 넉넉잡아 1
아숨부레[3]쯤 들어갈 코르크 잔을 꺼냈다. 에스칼란타가 잔
을 채워 신앙심 깊은 노파의 손에 쥐여주었다. 노파는 두 손
으로 잔을 받아들고 거품을 조금 불어내고 나서 말했다.

“여보게 에스칼란타, 많이도 부었네. 그래도 주께서 다 마
실 힘을 주시겠지.”

그리고는 잔을 입으로 가져가 숨도 쉬지 않고 한입에 비워
뱃속으로 밀어 넣고는 이렇게 말했다.

“과달카날산이로군. 참 포도주 맛이 그런 것도 같고 아닌
것도 같고! 에스칼란타, 날 이렇게 위로해주었으니 네게도
주님의 위로가 있을 거야. 아침도 걸렀는데 탈이 나지 않을
까 걱정되는군.”

“수녀님, 그렇지 않을 겁니다. 3년짜리인걸요.” 모니포디
오가 대답했다.

“탈이 안 나기를 성모 마리아의 이름으로 기도하겠네.” 노

---

2) 1아로바는 약 25파운드.
3) 1아숨부레는 약 2리터.

파가 대답했다.

그리고는 덧붙였다.

"얘들아, 예배를 드릴 때 쓸 성촉을 살 콰르토가 혹시 몇 푼 있는지 봐라. 광주리 소식 전하러 오는 기분도 나고 조급하기도 해서 그만 부싯깃 자루를 잊고 왔구나."

"예, 제게 있습니다, 피포타 부인(피포타는 노파의 이름이었다). 여기 있어요. 2콰르토를 드리지요. 1콰르토로는 제 몫으로 하나를 사서 성 미겔 앞에 놓아주세요. 두 대를 살 수 있으면 다른 하나는 제 수호 성인 성 블라스 앞에 놓아주시구요. 눈이 좋지 않아 예배 드리고 있는 성 루치아님 앞에 하나 더 놓고 싶기는 하지만 남은 돈이 없군요. 하지만 언젠가 모두에게 다 바칠 때가 있겠지요."

"그래, 자네는 잘할걸세. 구두쇠 노릇은 하지 말게나. 상속인이나 유언 집행인이 대신 해주기를 기다리지 말고 죽기 전에 제 돈으로 성촉을 가져와 밝히는 것은 아주 중요한 일이지."

"피포타 수녀님, 옳은 말씀을 하십니다." 에스칼란타가 말했다.

그리고는 주머니에 손을 넣어 콰르토 하나를 꺼내주면서, 그녀가 생각하기에 가장 이롭고 고맙게 여겨지는 성인들에게 성촉을 모셔달라고 부탁했다. 그러고 나서, 피포타는 자리를 떠나며 말했다.

"여보게들, 지금 청춘이 있으니 즐겁게들 놀게나. 곧 노년이 오고 내가 지금 울듯이 자네들도 잃어버린 젊음을 한탄할걸세. 그리고 자네들의 기원을 나로 하여금 신에 의탁하게하게나. 주께서 우리를 자유롭게 하시고 사법 관청의 기습을받지 않고 우리 사업을 잘 지탱해나갈 수 있도록 나를 위해기도하듯 자네들을 위해서도 기도할 테니 말일세."

이렇게 말하고는 나갔다.

노파가 가버리자 모두들 돗자리 주위에 모여 앉았다. 그리고 가난시오사는 시트를 모포로 깔았다. 바구니에서 꺼낸 첫번째 것은 큰 무 다발과 오렌지와 레몬 열두엇, 그리고 대구튀김 조각이 가득한 냄비 하나였다. 이어 나온 것은 프랑다스 치즈 반쪽, 유명한 올리브 한 냄비, 새우 한 접시, 게 한뭉치와 갈증을 돋우는 풍조목 고춧가루, 그리고 간둘산(産)새하얀 빵 세 덩어리였다. 점심을 들 사람은 열넷이나 되었으며, 그들 중 누구도 노란 자루의 칼을 꺼내 드는 것을 잊지않았다. 예외가 있었다면 중검을 빼어 든 린코네테였다. 벌집 코르크 잔으로 술을 따르는 것은 두루마기를 걸친 두 노인과 안내자의 몫이었다. 그러다가 사람들이 오렌지로 몰리기가 무섭게 문을 두드리는 소리가 모두를 긴장시켰다. 모니포디오는 조용히 하라고 지시하고, 일층 거실로 들어가 방패를 꺼내 들고 손에는 칼을 쥐고 문으로 다가갔다. 그리고는굵은 목소리로 겁을 주듯 물었다.

"게 뉘시오?"

밖에서 대답했다.

"모니포디오 나리, 오늘 아침 보초를 선 타가레테입니다. 지금 훌리아나 라 카리아르타가 온통 산발을 하고 눈물 범벅이 되어 이리로 오고 있다고 말씀드리러 왔습니다. 무슨 큰 일이 벌어진 것 같아요."

그러자, 곧 얘기하던 바로 그 여자가 흐느끼며 다가왔다. 그녀가 오는 것을 알아챈 모니포디오는 문을 열었고, 타가레테에게는 다시 초소로 돌아가라고 지시하면서 앞으로는 포착한 것을 좀 시끄럽지 않고 소란스럽지 않게 보고하라고 일렀다. 타가레테는 그렇게 하겠노라고 대답하며 돌아갔다. 카리아르타가 들어왔다. 그녀는 같은 직업의 다른 여자들과 다를 바 없는 성미를 가진 여자였다. 머리는 산발을 하고 얼굴은 혹투성이였다. 정원으로 들어서자마자 실신해 바닥에 쓰러졌다. 가난시오사와 에스칼란타가 그녀를 구하러 달려들었다. 가슴을 풀어헤쳤더니, 온통 시커멓고 피멍이 든 것같이 보였다. 얼굴에 물을 끼얹자 그녀는 정신을 차리고 큰 소리로 외쳐댔다.

"저 못된 철면피, 저 겁쟁이 야바위꾼, 저 서캐투성이 피카로에게 하늘의 법과 나라님의 법을 보여주시오! 저놈의 턱수염 털의 수보다 더 여러 번 교수대에서 목을 건져주었는데! 아이구 내 팔자야! 내가 내 청춘과 내 꽃다운 시절을 날

려버린 게 저 매정하고, 악랄하고, 구제 불능인 사기꾼을 위해서가 아니라면 또 누구를 위해서였겠나요!"

"카리아르타, 진정 좀 해라. 내가 여기 있으니, 의롭게 해결해주마." 그때 모니포디오가 말했다. "무슨 욕을 당했는지 애기해봐라. 내가 복수를 하기 전에 우선 네가 이야기부터 해야 되지 않겠느냐. 네 기둥서방과 무슨 일이 있었는지 말해보렴. 무슨 일이 있어서 복수하고 싶으면 애기만 하면 된다."

"기둥서방은 무슨 기둥서방이오!" 훌리아나가 응수했다. 양들이 사자를 기둥서방 삼고, 새끼 양이 인간들을 기둥서방 삼으면 나는 지옥이라도 기둥서방 삼으리다. 저 자와 한솥밥을 먹고 한 침대에 잠을 잔단 말이오? 지금 요 모양 요 꼴이 되느니 연두창으로 내 육신이 짓무르는 게 낫지."

그리고는, 치마를 무릎까지, 아니 좀더 위까지 들어올리니 다리는 온통 멍투성이였다.

"저놈의 레폴리도가 나를 이 모양 이 꼴로 만들었단 말이에요. 저를 낳은 어미보다 내게 빚진 게 더 많을 텐데도 말이에요. 그런데 그가 왜 그런 짓을 했다고 생각하시나요? 젠장, 내가 구실을 주었다구요! 아니요, 그건 정말 아니에요. 그렇게 된 건 다름아니라 단지 그가 도박판에서 돈을 잃고는 내게 30레알을 가져오라고 자기 하인 카브리야스를 보냈는데, 내가 24레알밖에 못 보냈기 때문이랍니다. 내가 그것을 버는 데 들인 노동과 노력에 대해서야 그걸 대가로 내 죄나

감해달라고 하느님께 빌었지요. 이렇게 예의를 갖추고 좋게 일을 마쳤는데 그 대가는 오늘 아침 제왕 농원 뒤뜰로 나를 끌어내, 올리브 숲속에서 벌거벗기고, 이렇다 저렇다 말도 없이 온몸을 족쇄와 쇠붙이로 묶어놓고 쇠붙이도 걸어내지 않은 채 두드려 패 나를 이렇게 거의 죽을 지경을 만든 거예요. 당신들이 보고 있는 이 멍 자국들이 내가 당한 일의 진짜 증거가 아니겠습니까.”

이러더니 소리를 지르며 다시 법의 심판을 외쳐댔다. 그러자 그곳에 있던 모니포디오와 모든 용기 있는 사람들이 그녀에게 의로운 심판을 재차 약속했다.

가난시오사는 그녀를 위로하려고 손을 잡았다. 그리고는 그녀 역시 정부에게 그와 비슷한 일을 당했더라면 자기가 가진 가장 값비싼 보석이라도 내놓았을 거라고 했다.

“이봐 카리아르타, 몰랐으면 알아둬야 해. 사랑은 사랑하는 이를 혼내는 법이야. 그놈의 야바위꾼들이 때리고, 매질하고, 꼬집고 하는 것은 우리를 너무도 사랑하기 때문이지. 그렇지 않거든, 정말로 사실을 한번 얘기해봐. 레폴리도가 너를 혼내고 짓누르고 나서는 애무 한 번 정도는 해주지 않든?”

“어디 한 번뿐이겠어?” 울먹이던 카리아르타가 대답했다. “백 번은 했지. 그리고 제 집에 나를 데려가게만 해준다면 손가락 하나 정도는 잘라버릴 수 있을 것처럼 애원하더라구. 그뿐인가. 나를 만신창이를 만들어놓고는 눈에서는 거의 눈물이 튀어나올 지경이었지.”

“그거야 의심할 게 없지.” 가난시오사가 응수했다. “너를 어떤 지경으로 만들었나 보고는 슬퍼 울고 말았을 거야. 그런 작자들이란, 그런 경우에도, 후회만 할 줄 알면 잘못은 저지른 게 없다는 식이지. 보라구, 어디 우리가 가버리기 전에 찾아와서 일어난 일 모두에 용서를 빌며 양처럼 순종할 테니 말이야.”

“먼저 지은 죄를 분명히 속죄하기 전에는 그놈의 겁쟁이가 이 문턱에 결코 들어서지 못하게 할 테요. 그자가 감히 카리아르타의 얼굴에 손을 대? 어림도 없지. 그 애의 살갗 어디에도 안 되지. 카리아르타가 해내는 몫이나 순결함을 생각하면 내가 더없이 아끼는 바로 앞에 있는 가난시오사와 견줄 수 있는 인물 아닌가.” 모니포디오가 응수했다.

“아이구!” 때 맞춰 카리아르타가 말했다. “모니포디오 나리, 그 못된 자를 나무라지 마세요. 아무리 나빠도 제 심장막보다도 더 사랑한답니다. 제 친구 가난시오사가 그자에 대해 제게 말한 얘기들은 정신을 번쩍 들게 했습니다. 이제 정말 그를 찾으러 갈 작정입니다.”

“그러지 마. 내 말 듣고.” 가난시오사가 응수했다. “그 작자 허풍만 늘 테니 말이야. 그리고 죽은 몸뚱이 다루듯 너를 가지고 장난칠 거야. 진정해. 오래지 않아 내가 말한 대로 후회 막심해하며 돌아오는 것을 보게 될 테니. 안 오면 시나 한 수 써 보내서 고통을 겪게 만들자구."

"그래 맞아!" 카리아르타가 말했다. "그자에게 쓸 얘기가 셀 수도 없이 많아!"

"필요하면 내가 비서가 되어주지." 모니포디오가 말했다 "비록 내가 지금은 시인이라고 할 수는 없지만, 이 사람이 팔만 한번 걷어붙이면 대번에 2천 수는 써낼 수 있지. 마땅한 시가 나오지 않으면, 내 이발사 친구 그 대단한 시인 있지 않나. 우리를 온종일 운율에 취해 있게 만들걸세. 이왕에 시작한 점심이나 끝내세. 그러고 나면 다 잘돼갈걸세."

카리아르타는 만족해하며 그의 말을 따랐다. 그리고는 모두 잔치를 시작했고, 얼마 있지 않아 광주리의 밑바닥과 가죽 찌꺼기들이 보이기 시작했다. 늙은이들은 끝없이 마셔댔다. 젊은이들 역시 실컷 마셔댔다. 부인네들도 많이 마셨다. 늙은이들은 그만 일어서겠다며 양해를 구했다. 모니포디오는 그들의 양해를 받아들이면서 그들 사단에 필요하고 적절해 보이는 것은 모두 정확하게 소식을 전하라고 당부했다. 그들은 명심하겠노라고 대답하고는 돌아갔다.

호기심이 발동한 린코네테는 먼저 양해와 허락을 구하는 백발이 성성한 무게 있고 풍채 좋은 두 사람이 그 조직에 어떤 쓸모가 있느냐고 물었다. 그에 대해 모니포디오는, 그들은 자기들 은어로 '염탐꾼'이라고 불리는데 하루 종일 도시 구석구석을 누비며 어느 집에 밤일거리가 있는지 주시하고,

무역청이나 조폐청에서 나오는 사람들을 쫓아가 돈을 어디로 가져가고 또 어디에 두는지 관찰한다고 대답했다. 또한 그것을 알아낸 다음에는 그런 집의 두꺼운 벽에 침입이 용이하도록 개구멍 만들기에 가장 적합한 자리를 물색한다는 것이었다. 한마디로, 자신들의 결사에 있어 대단히 이로운 사람들이라고 말했다. 그리고 나라님이 나라 재화에 대해 그러하듯이 그들의 책략으로 훔친 모든 것에 대해 2할을 떼어간다고 말했다. 그럼에도 불구하고 그들은 진실하고 정직하며, 생활도 건실하고 평판 좋은 사람들로서, 신을 경외하고 양심을 지키며 깊은 신앙심으로 매일 예배에 참석한다고 했다.

"그들 중에는, 특히 방금 전에 나간 두 사람처럼 매우 점잖기까지 해서 우리 요율(料率)상 그들에 해당하는 것보다 훨씬 적은 몫으로도 만족해하는 사람들도 있지. 저기 있는 다른 두 사람도 염탐꾼들인데 이 집 저 집 옮겨 다니며 시내 모든 집들의 입구와 출구를 알아내고 이득이 있을 곳과 아닌 곳을 가려낸다네."

"모든 게 다 귀한 얘기들 같군요." 린코네테가 말했다. "그리고 저도 이처럼 고명한 결사를 위해 무언가 이득이 되는 일을 하고 싶습니다."

"의로운 소망은 언제나 하늘이 돕는 법이지." 모니포디오가 대답했다.

이렇게 얘기를 주고받는 중에 누군가 문을 두드렸다. 모니포디오가 나가 누군지 살폈다. 누구냐고 묻자 대답해왔다.

"모니포디오 나리, 문 좀 여세요. 저 레폴리도입니다."

카리아르타가 이 소리를 듣고는, 하늘 높이 소리를 지르며 말했다.

"모니포디오 나리, 제발 문은 열지 마세요. 그 타르페이아의 뱃놈, 히르카니아의 호랑이 같은 자에게는 문을 열어주지 말아요."

그렇다고 모니포디오가 레폴리도에게 문을 열어주지 않은 것은 아니었다. 그에게 문을 열어주는 것을 보자 카리아르타는 벌떡 일어나 방패실로 달려갔다. 그리고 안쪽에서 문을 잠그고는 큰 소리로 외쳤다.

"그 비겁한 자의 얼굴을, 그 무고한 자들의 망나니, 집비둘기[4]들의 사냥꾼을 내 앞에서 치워주세요."

마니페로와 치키스나케가 레폴리도를 데려왔다. 레폴리도는 어떻게든 카리아르타가 있는 곳으로 들어가려 했다. 그러나 들어가지 못하게 했으므로, 밖에서 소리쳤다.

"그만 좀 하게, 성난 내 사랑아! 제발 진정 좀 하게. 그래야 시집을 갈 게 아닌가."

"망할 사람, 시집이라고!" 카리아르타가 대답했다. "무슨 애기를 하시나! 내가 너한테 시집가길 꿈꾸다니! 너한테 시

---

4) 매춘부들을 뜻하기도 함.

집가느니 차라리 죽은 시체한테 시집을 가겠다!"

"어이, 바보." 레폴리도가 응수했다. "이제 할 만큼 했으니 그만 끝내게나. 내가 이렇게 부드럽게 말하는데, 무릎 꿇고 빈다고 기세 등등할 필요까진 없다구. 맙소사! 화가 종루까지 뻗쳐 두 번 추락하면 설상가상 아닌가! 자기를 낮춰야지. 우리 모두 서로를 낮춰야지. 귀신에게 먹을 걸 주지는 말아야 해."

"내 만찬까지 차려주리다." 카리아르타가 말했다. "내 눈으로 다시는 안 볼 곳으로 널 데려가라고 말이야."

"나는 뭐 할 말이 없는 줄 알아?" 레폴리도가 말했다 "화냥 부인, 나도 냄새를 맡고 왔다구. 못 팔아먹는 한이 있더라도 다 엎어버릴 테야."

이에 모니포디오가 말했다.

"내 앞에서 무리한 짓은 하지 말게. 카리아르타는 위협이 아닌 내 사랑의 힘으로 나올걸세. 모든 게 잘될 거야. 서로 좋아하는 사이의 싸움은 화해한 뒤에는 더 사랑하게 만드는 촉진제가 되는 법이야. 이봐, 훌리아나! 어이 아가야! 어이 카리아르타! 이리 밖으로 나오너라, 내 사랑아! 레폴리도가 무릎 꿇고 용서를 빌게 하마."

"그가 그렇게 하면 우리 모두 그의 편을 들어주지요. 그리고 카리아르타에게 밖으로 나오라고 당부를 하겠어요." 에스칼란타가 말했다.

"창피스럽고 굴욕적인 방법으로 그걸 해야 한다면, 빈민 군

158

대 앞에서라도 굴복하지 않을 것이오." 레폴리도가 말했다. "그러나 카리아르타가 원하는 방법으로라면 무릎 꿇는 게 아니라 그녀에게 봉사하기 위해 이마에 대못이라도 박겠소."

그 이야기를 들은 치키스나케와 마니페로는 웃기 시작했다. 그러자 자신을 비웃는다고 생각한 레폴리도는 버럭 화를 냈다. 그리고 매우 화가 난 기색으로 말했다.

"카리아르타가 나에 대해서 혹은 내가 카리아르타에 대해서 말했거나 말할 것에 대해 비웃거나 비웃으려는 자는 누구든지, 내가 말했던 대로, 웃을 때마다 또는 생각할 때마다 내 말한 대로 사실을 왜곡한 것이요, 왜곡하려는 게 될 거요."

치키스나케와 마니페로가 서로를 씁쓸한 표정과 태도로 쳐다보는 것을 본 모니포디오는 일을 말리지 않다가는 잘못될 것 같다는 생각이 들어 그들 사이에 끼어들면서 말했다.

"신사 양반들 그만 합시다. 심한 말은 여기서 끝내고 입 안에서 새깁시다. 이미 내뱉은 말도 허리까지 안 내려가니 누구도 그걸 새겨듣지 맙시다."

"그런 생각은 하지도 않았고 또 하지도 않을 것이라고 다짐해요." 치키스나케가 대답했다. "그렇게 말하고 생각했더라면 손에 든 북을 쳐댔을 겁니다."

"치키스나케 씨, 북은 여기도 있소." 레폴리도가 응수했다. "필요하다면, 우리도 역시 방울북을 울릴 줄 알아요. 내가 애기했듯이 즐거워하고 있는 자가 속이고 있는 자요. 달리 생각하는 사람 있으면 날 따라오시오. 금방이라도 내 말이 맞다는 것을 보여주겠소.”

이렇게 말하면서 그는 문밖으로 나가려고 했다.

카리아르타는 이야기를 듣고 있다가 그가 화난 것을 알아차리자 소리치며 나갔다.

“그를 붙잡아요. 가게 두지 말아요. 제멋대로 난리를 칠 거예요! 화가 나서 나가는 것 못 봐요? 용기 나부랭이로 치면 그 용맹무쌍한 희랍의 유대 마카렐로에도 비길 수 있지요. 세상천지에 겁이라곤 없는 사람, 돌아오라구요!”

그리고는 그를 덮치며 외투 자락을 잡아당겼다. 모니포디오 역시 달려들어 그를 붙들었다. 치키스나케와 마니페로는 화를 내야 할지 말아야 할지 몰라, 레폴리도가 하는 꼴을 지켜보고만 있었다. 레폴리도는 카리아르타와 모니포디오가 간청하는 것을 보고 돌아오며 말했다.

“친구란 결코 친구들에게 화를 내서도 안 되고 또 친구들을 조롱해서도 안 됩니다. 친구들이 화가 나 있을 때는 더더욱 그렇지요.” 마니페로가 대답했다. “여기엔 친구를 성나게 하거나 조롱하려는 사람은 없소.”

모니포디오가 이를 받았다.

“그대들은 모두 훌륭한 친구들이라고 얘기했소. 그러니 그런 친구로서 서로 손을 잡으시오. 그래 우리는 모두 친구이니 서로 손을 잡읍시다.”

그들은 곧 서로 손을 잡았다. 에스칼란타는 샌들을 벗어 북처럼 음악을 연주했다. 가난시오사는 때마침 그곳에 있던 종려나무잎 새 빗자루를 켜 소리를 내면서, 거칠고 떫은 소리이기는 하지만, 샌들과 박자를 맞추었다. 모니포디오는 캐스터네츠를 손가락 사이에 끼워 경쾌하게 부딪치며 샌들과 빗자루에 박자를 맞추었다.

린코네테와 코르타디요는 빗자루의 새로운 발명에 놀랐다. 그때까지 그런 모습은 본 적이 없었기 때문이었다. 마니페로는 놀란 두 사람에게 말했다.

"빗자루에 감탄했지요? 그럴 거요. 세상에 더 빠르고, 지루하지 않고, 더 싼 음악은 아직 만들어지지 않았소. 사실, 언젠가 어느 학생에게 듣기로는 지옥에서 에우리디케를 구해온 오르페우스도, 나귀를 빌려 타고 돌아온 기사처럼 돌고래 등을 타고 바다에서 돌아온 아리온도, 백 개의 대문에 또 백 개의 쪽문이 있는 도시를 만든 그 위대한 음악가도 그렇게 배우기 쉽고, 그렇게 연주가 용이하며, 플랫도 줄조르개도 현도 없고 조율도 필요 없는 그보다 더 좋은 음악은 만들어내지 못했다는 거요. 더더욱 맹세코 말하기를 그것은 이 도시의 한 한량이 만들어냈는데, 그는 음악에 관한 한 트로이의 영웅 헥토르인 체 한답니다."

"아무렴 그렇겠지요." 린코네테가 응수했다. "어쨌든 우리 친구들이 하려는 노래를 들어봅시다. 가난시오사가 침을 뱉는데 아마도 노래하려는 신호인 것 같소."

정말이었다. 모니포디오가 많이 쓰이는 세기디야들 중의 하나를 노래하라고 청했던 것이다. 그러나 먼저 노래를 시작한 것은 에스칼란타였다. 부드럽고도 떨림이 있는 소리로 이렇게 노래했다.

발론 풍의 세비야 건달에게
내 온 마음을 다 바쳤지.

가난시오사가 이어 노래했다.

푸른빛의 가무잡잡한 이에게
어느 말괄량인들 미치지 않으랴?

이어서 모니포디오는, 캐스터네츠를 빠르게 치면서 노래했다.

연인들은 싸우지. 그리고 화해를 하지.
성이 크게 나면, 재미가 더하지.

흥이 난 카리아르타도 침묵 속에 파묻혀 있을 수만은 없었다. 그래서 다른 샌들 한 짝을 집어 들고 춤판에 끼어들며 다른 사람들과 분위기를 맞추어 이렇게 노래했다.

멈춰요, 성난 사람아, 날 더 때리지 말아요.
잘 보면, 그건 당신 살을 치는 거예요.

"흥겹게 노래합시다." 이때 레폴리도가 말했다. "지난 이
야기는 건드리지 맙시다. 그럴 이유가 없지 않소. 지난 일은
지난 것이오. 다른 얘기를 합시다. 그걸로 족하오."
문을 급히 두드리는 인기척이 느껴지지 않았더라면, 시작
된 노래판은 그렇게 쉽게 끝나지 않았을 것이다. 문소리에
모니포디오가 누가 왔는지 보러 나갔고 문밖에서 보초가 말
하기를 길모퉁이에 순찰대장이 나타났으며 그 앞에 두 포졸
토르디요와 세르니칼로카로가 오고 있다고 했다. 그 이야기
를 듣고 문 안에서는 한바탕 소동이 벌어졌는데 카리아르타
와 에스칼란타는 샌들을 거꾸로 신고, 가난시오사는 빗자루
를 버리고, 모니포디오는 캐스터네츠를 던져버리고, 노래판
은 긴장 속에 침묵이 쌓였다. 치키스나케도 입을 다물고, 레
폴리도도 놀라고, 마니페로도 어리둥절해 있고, 모두들 이곳
저곳으로 도망가며 옥상으로 지붕으로 올라가고 다른 거리
로 도망쳐 나갔다. 느닷없이 그렇게 포성이 울린 적도 없고,
천둥 날벼락이 친 적도 없었다. 조용히 있던 비둘기 떼를 놀
라게 해 소동을 일으키듯이, 순찰대장의 출현 소식은 그곳의

선량한 사람들과 일행 모두를 경악시켰다. 두 신참 린코네테와 코르타디요는 어쩔 줄 몰라하며 그 급작스러운 돌풍이 어찌 되어가는지 조심스레 지켜보았다. 그러나 일은 싱겁게 끝났다. 보초가 돌아와 전갈하기를 순찰대장은 수상히 여겨 의심하는 어떤 기색이나 낌새도 보이지 않고 그냥 지나쳐버렸다는 것이었다.

이를 모니포디오에게 보고하는 가운데 시쳇말로 폼잡는 옷차림을 한 젊은 신사 하나가 찾아왔다. 모니포디오는 그를 들어오게 한 후 치키스나케와 마니페로와 레폴리도만 내려오게 하고, 다른 사람들은 누구도 내려오지 못하게 했다. 린코네테와 코르타디요는 정원에 그대로 남아 있었으므로 모니포디오와 방금 온 신사가 나누는 대화를 모두 들을 수 있었다. 그 신사는 모니포디오에게 자신이 부탁한 일을 왜 그렇게 엉망으로 처리했느냐고 따졌다. 모니포디오는 대답하기를 일이 어떻게 되었는지 아직 아는 바가 없다고 했다. 그러나 그 일을 맡긴 대원이 거기 있으므로 그에 대해 충분히 설명할 것이라고 했다.

이때 치키스나케가 내려왔고, 모니포디오는 그에게 열네 차례 칼침을 주는 일을 잘 완수했느냐고 물었다.

"뭐라구요?" 치키스나케가 대답했다. "그 네거리 상인 건 말이지요?"

"바로 그거요." 신사가 대답했다.

"그 일은 이렇게 되었습니다." 치키스나케가 대답했다. "저는 어젯밤 그 집 문 앞에서 그를 기다리고 있었는데 마침 그가 왔습니다. 그에게 다가가 얼굴을 확인했지요. 그런데 얼굴이 너무 작아 열네 치 칼침을 줄 자리가 없습디다. 약속한 것을 이행할 수는 없고, 청구받은 것은 해야 하고 해서……"

"'청구'받은 게 아니라 '청부'받은 거라고 말해야 하는 것 아니오?" 신사가 말했다.

"바로 그거요." 치키스나케가 대답했다. "그 얼굴이 하도 좁고 면적이 작아서 부탁받은 칼침을 다 줄 수 없겠고, 그렇다고 그냥 허탕만 칠 수는 없고 해서 대신 그의 하인한테 칼침을 주었단 말이올시다. 분명 더 크게 칼침을 줄 수 있을 터여서 말이지요."

"하지만 하인한테 열네 침 주느니보다 주인한테 일곱 침 주기를 더 바랐을 거요. 결국, 내가 얘기한 대로 약속을 이행하지 못했다 이 말이시군. 그러나 됐소. 보증으로 준 30두카도가 별 효과가 없었군요. 자 안녕히 계시오."

그렇게 말하면서 그는 모자를 벗고 등을 돌려 돌아가려 했다. 그러나 모니포디오는 그가 입고 온 반외투를 끌어당기며 말했다.

"멈춰 서시오. 그리고 약속을 지키시오. 우리는 우리의 의무를 성공적으로 명예롭게 이행했소. 20두카도가 모자라지 않소. 그게 아니면 그에 해당하는 담보라도 내놓지 않고서는 여기서 나갈 수 없소."

"아니, 지금 그걸로 약속을 이행했다고 하는 거요?" 신사가 말했다. "주인에게 주어야 할 칼침을 하인에게 주고서도 말이오?"

"이분 계산에는 밝으시군!" 치키스나케가 말했다. "'벨트란[5]을 좋아하는 사람은 그 개도 좋아하는 법'이라는 속담도 모르는 사람 같네요."

"그래 어떻게 그 속담이 이 경우에 맞는단 말이오?" 신사가 대꾸했다.

"'벨트란을 미워하는 자는 그 개도 미워하는 법'이라는 말이나 다를 바 없는 것 아니오?" 치키스나케가 말했다. "말하자면, 벨트란은 상인이고, 당신은 그자를 미워하고, 하인은 그의 개일 테고, 개를 치면 벨트란을 치는 것이니, 할 일은 정리되고 청부액 집행만 남는 것이오. 그래서 사례금의 잔금을 지불하는 것밖에 달리 도리가 없단 말이오."

"나도 그렇게 생각하오." 모니포디오가 말했다. "여보게, 치키스나케, 내가 할 말을 자네가 다 했네. 그러니, 여보시오 신사 양반, 당신이 부탁한 일을 해준 사람들의 의리를 생각해서라도 시비를 걸기보다는 내 충고를 받아들여 일한 대가

---

5) 15세기 스페인 엔리케 4세의 왕비와 염문을 뿌린 백작.

를 지불하시오. 그리고 그 주인 얼굴에 찰 만큼 한 번 더 칼
침 주기를 바라시거든 맞은 칼침 자리는 벌써 아물어가고 있
다는 걸 생각해보시지요."

"그렇기만 한다면 내 기꺼이 두 경우 모두 대가를 지불하
리다." 한량이 대답했다.

"그걸 의심하느니 차라리 기독교인이라는 것을 의심하시
오." 모니포디오가 대답했다. "치키스나케가 근사하게 한 방
먹여서 마치 태어날 때 칼침을 타고난 것처럼 만들 거요."

"내 그럼 그 약속과 다짐을 믿고 밀린 돈 20두카도와 다음
에 처리할 칼침 대가로 40두카도를 한 꾸러미 드리리다. 천
레알은 나갑니다. 그리고 더도 말고 우선 열네 차례 칼침을
한 번 더 쳐주시오."

그러면서 목에 건 잔 고리의 사슬 꾸러미를 풀러내어 모니
포디오에게 주었다. 그는 빛깔이나 무게로 보아 그것이 연금
이 아님을 확인했다. 모니포디오는 상당히 교육을 잘 받았기
때문에 만족스럽게 예의를 갖추어 그것을 받아들였다. 일의
수행은 치키스나케의 몫이었는데, 그날 밤을 기한으로 잡았
다. 신사는 매우 흡족해하며 돌아갔다. 이어서 모니포디오는
그 자리에 없던 사람들과 놀라 도망친 사람들을 모두 불러냈
는데 모두들 내려와 모니포디오를 중심으로 둘러섰다. 그는
망토의 모자 속에 가지고 다니던 메모장을 꺼내 린코네테에게
주면서 읽으라고 했다. 그 첫 장엔 다음과 같이 씌어 있었다.

금주에 행해야 할 칼침 메모

첫째, 네거리의 상인. 대가 50에스쿠도. 30에스쿠도는 이미 받았음. 집행자 치키스나케.

"더는 없을걸세." 모니포디오가 말했다 "넘겨보게. '몽둥이질 메모'를 보게나."

린코네테는 한 장을 넘겼다. 다음 장에는 '몽둥이질 메모'라고 씌어 있었다. 그리고 다음과 같이 적혀 있었다.

알파파 광장의 술집 주인에게 제일 큰 몽둥이 12대. 각 한 대마다 1에스쿠도. 8에스쿠도는 계산되었음. 기한 6일. 집행인 마니페로.

"그 건은 지워버려도 좋아." 마니페로가 말했다 "오늘 밤 중으로 끝내버릴 테니."

"여보게, 더 있나?" 모니포디오가 물었다.

"예, 하나 더 있습니다." 린코네테가 대답했다. "이렇게 씌어 있군요."

실게로라는 못된 이름으로 불리는 꼽추 양복쟁이에게 큰 몽둥이 6대. 목걸이를 맡긴 부인이 요청. 집행인 데스모차도.

"놀랄 일이군." 모니포디오가 말했다. "아직도 이 건이 처리가 안 되었다니 말이야. 데스모차도가 병이 난 게 틀림없어. 기한이 이틀이나 지났는데 아직 일이 끝나지 않았으니 말이야."

"어제 봤는데" 마니페로가 말했다. "그 꼽추가 병이 나서 드러눕는 바람에 일을 수행하지 못했다고 말했습니다."

"그러면 그렇지." 모니포디오가 말했다. "나는 데스모차도를 아주 훌륭한 대원으로 생각해왔는데, 그런 불가피한 사유가 아니었더라면 그보다 큰 일들도 벌써 다 해치웠을 텐데. 젊은이, 더 있나?"

"없습니다, 나리." 린코네테가 대답했다.

"그럼 더 넘겨보게." 모니포디오가 말했다. "그리고 '보통 복수의 메모'라는 장을 보게."

린코네테는 몇 장을 넘기다가 다음과 같이 쓰인 장을 찾았다.

보통 복수의 메모. 즉, 유리병 세례, 송진 세례, 죄인 두건 씌우기,[6] 간통 뿔 세우기, 신참 신고시키기, 놀래주기, 장난 소동과 가짜 칼침, 모함 퍼뜨리기, 등등.

---

6) 유대인으로 몰아붙여 사회적으로 매장시키는 것을 가리킴.

"그 아래는 뭐라고 써 있지?" 모니포디오가 말했다.

"송진 세례는……" 린코네테가 말했다.

"읽지 말게. 뭔지 알겠네." 모니포디오가 말했다. "그 신통찮은 일엔 내가 빼놓을 수 없는 사람이고 집행자지. 4에스쿠도는 계산이 되어 있지만, 남은 8에스쿠도가 문제란 말이야."

"그래 맞아요." 린코네테가 말했다. "다 여기 씌어 있군요. 그리고 좀더 밑에는 '간통 뿔 세우기'라고 씌어 있는데요."

"그것도 집이나 목적지를 읽을 필요는 없네." 모니포디오가 말했다. "공개적으로 밝힐 필요 없이 복수만 해주면 되네. 양심을 짓누르는 건이네. 내 어머니라 하더라도, 수고비는 지불했으니 적어도, 한 번 떠드는 것보다 뿔을 백 개는 세우고 두건도 그만큼 씌워버리고 싶었어."

"집행인은 나리게타인데요." 린코네테가 말했다.

"그건 이미 끝난 일이야. 돈도 받았고." 모니포디오가 말했다. "또 있는지 보게나. 내 기억이 틀리지 않으면 거기 20에스쿠도짜리 놀래주기도 있을 텐데. 돈은 반은 받아 쓰고, 집행자는 우리 조직 모두이고, 기한은 이달까지야. 착오 없이 그대로만 일이 되면, 오랫동안 이 도시에서 일어난 최고의 사건들 중 하나가 될 거야. 젊은이, 공책을 이리 주게. 더 이상 없지. 요즘 일이 좀 적은 편이지. 좀 지나면 철이 바뀔 테고 그때는 원하는 것보다 일을 더 해야 할걸세. 메모장이

170

넘어가고 안 넘어가는 것은 다 신의 뜻이라네. 또 우리는 누구도 강제로 복수해서는 안 되네. 각자 제 집에서는 용기를 부리게 마련이고, 제 손으로 할 수 있는 작업을 돈 내고 하고 싶어하지는 않으니 말일세."

"그래요." 레폴리도가 말했다. "그런데, 모니포디오 나리, 우리에게 뭘 주문하고 명령하실 건지 봐주시지요. 벌써 해가 길어져 갑자기 열기가 들어오니 말이에요."

"각자 제자리로 돌아가는 게 좋겠군." 모니포디오가 대답했다. "그리고 아무도 일요일까지는 자리를 바꾸지 말게. 우리 모두 같은 자리에 모여, 누구도 욕되지 않게 들어온 것을 분배할 것이니 말이야. 선량 린코네테와 코르타디요는 일요일까지 황금탑에서부터 도시 밖으로는 알카사르 쪽문까지를 구역으로 맡게. 거기서는 여자처럼 꽃을 들고 앉아서도 일할 수 있네. 별로 재주가 없는 자들조차도 네 장이나 모자라는 트럼프를 갖고도 광주리 하나로 매일 은화는 빼고 동화로만 20레알 이상 가져가는 걸 보았네. 그 구역은 간초소가 가르쳐줄걸세. 그리고 산세바스티안이나 산텔모까지 구역을 넓혀도 상관없네. 누구도 다른 사람 구역에 들어갈 수 없는 것은 당연한 규칙이지만 말이야."

둘은 그의 손에 키스하며 호의에 감사하고, 부지런하고 용의주도하게 그리고 열과 성을 다해 임무를 수행할 것을 다짐했다.

이때, 모니포디오는 망토 모자에서 그들 사단의 명단이 적혀 있는 접힌 종이를 꺼내 들고는, 린코네테에게 그의 이름과 코르타디요의 이름을 적어 넣으라고 말했다. 그러나 마침 잉크가 없자 들고 가다가 마주치는 첫 약방에서 이름을 써오라며 종이첩을 내주었다. 그리고는, "린코네테와 코르타디요, 둘은 각각 다 신참이 아닌 사기도박꾼과 소매치기"라고 적고 신고 일자는 쓰되 부모 이름과 고향을 밝히지 말라고 지시했다. 그러는 사이에 늙은 염탐꾼 중의 하나가 들어와서 말했다.

"여러분들, 전 지금 막 그라다스에서 말라가의 로블리요를 만났다는 것을 말하러 왔소. 그는 도박술을 아주 발전시켜서 트럼프 한판으로 사탄까지도 깨끗하게 무일푼으로 만들 수 있다고 말했소. 그런데 대접을 잘 못 받아서 곧장 오지도 않고 인사치레도 하러 오지 않겠다고 했소. 대신 일요일에는 틀림없이 이리 오게 될 거라고 했소."

"그 로블리요라는 작자는 세상에서 바랄 수 있는 최고의 손을 가져서 도박술에는 유일무이한 사람이 될 것임에 틀림없다고 생각해왔었소. 누구든 제 직업에 훌륭한 사람이 되려면, 그것을 행할 좋은 도구도 필요하거니와 그것을 익힐 재능도 필요한 법이라구."

"또, 염색집 거리에서 승복을 입은 유대인도 보았는데," 노인이 말했다. "그는 두 아메리카 부자가 바로 그 집에 산다는 소식을 듣고 그곳에 왔으며, 나중에 더 늘릴 수 있으니 양이 적더라도 그들과 한번 겨뤄보고 싶다고 말했소. 그리고 일요일에는 틀림없이 모임에 참가하여 자신을 소개하겠노라고 말합디다."

"이 유대인은" 모니포디오가 말했다. "대단한 도둑으로 기술이 능하오. 본 지가 꽤 되었는데, 그건 잘된 일이 아니오. 태도를 바꾸지 않으면 맹세코 그자의 머리를 깨부수어야겠소. 그 거짓말쟁이 도둑은 어느 교단에도 속하지 않기는 터키인들보다 더 불경하고 우리 어머니보다도 라틴어를 모르는 자니 말이요. 새로운 게 더 있소?"

"없소." 노인이 말했다. "적어도 내가 아는 바로는 말이오."

"자 됐소." 모니포디오가 말했다. "여러분들 보잘것없지만 이것들 좀 가져가시오." 그리고는 모두들에게 40레알씩을 나누어주었다. "일요일에는 모두 이곳으로 돌아오는 겁니다. 여기에 우리가 벌어들인 게 가득 찰 겁니다."

모두들 그에게 감사를 표시했다. 레폴리도와 카리아르타도 다시 얼싸안았다. 에스칼란타는 마니페로를, 가난시오사는 치키스나케를 얼싸안았다. 그날 밤 집에서 일을 마친 뒤에 피포타의 집에 다시 모이기로 약속했다. 그곳에 모니포디오도 광주리를 보러 오겠노라고 했다. 이어서 송진 세례 건의 임무를 매듭 짓고 장부에서 지워버려야겠다고 했다. 모니포디오는 린코네테와 코르타디요를 얼싸안고 축도를 하고

는, 여관에 머물거나 자리를 고정시키지 말아야 모두의 안전
에 도움이 될 것이라고 당부하면서 작별을 고했다. 간초소는
위치를 가르쳐주러 그들과 동행했다. 그리고 그의 생각으로
하는 바로는 모니포디오가 그의 기술에 관계된 사항들에 대
해 시험 강의를 할 것으로 믿어지는 일요일에는 빠지지 말도
록 당부했다. 그가 가버리고 둘만 남게 된 린코네테와 코르
타디요는 지금껏 본 것에 대해 감탄해 마지않았다.

　린코네테는, 어리기는 했지만, 총명했고 심성이 고왔다.
그리고 아버지와 면죄부를 팔러 다닌 고로 말재간에 대해 조
예가 있었는데, 모니포디오와 그들 도당의 다른 동지들에게
서 들은 단어들을 생각하면 웃음이 나왔다. 특히 라틴어 숙
어 표현 'per modum sufragiio 기도의 방법으로'를 'per
modum naufragio 난파의 방식으로'라고 하고, 그리고 훔친
것들에 대해 'estipendio 보상'이란 명사 대신에 형용사
'estupendo 훌륭한'이라고 엉뚱하게 발음했을 때, 그리고 무
식하게도 카리아르타가 레폴리도를 타르페이아의 뱃사람이
라거나 히르카니아 대신 오카냐의 호랑이라고 했을 때, 그
밖에 이런저런 비슷한 말들에 수천 가지 얼토당토않은 말(특
히 가축일로 2레알을 쓴 것에 대해 하늘이 할인해 받았으리라
고 말했을 때 그지없이 웃음이 나왔다)들이 그러했다. 무엇보
다 그를 감탄케 한 것은, 그렇게 도둑질과 살인과 신에 대한
모독으로 가득 차 있으면서도, 예배에 빠지지 않는 것으로

천국에 갈 수 있다는 믿음과 확신을 가졌다는 것이었다. 그리고 집에는 채광주리를 도둑질해 모아놓고 성모상 앞에 촛불 밝히러 가며, 그렇게 해서 신발 신고 옷 입고 천국에 가리라고 생각하는 피포타 노파를 생각하면서 웃었다. 또 야만적이고, 촌스럽고 포악한 모니포디오에 대한 복종과 존경은 그들을 생각에 잠기게 했다. 메모장에서 읽은 것과 모두가 하고 있는 일거리들에 관해서도 생각해보았다. 마지막으로, 자연에 유해하고 거슬리는 사람들이 거의 세상에 드러난 채 살고 있으니, 그 유명한 세비야 시에 정의가 얼마나 무방비 상태에 놓여 있는지를 심각하게 생각했다. 그래서 동료에게 그처럼 부도덕하고 부질없으며, 그처럼 자유롭고 방만한 생활을 오래 계속하지는 말도록 충고하기로 다짐했다. 그러나 그럼에도 불구하고, 나이도 어리고 경험도 부족했던 터라, 그런 생활은 몇 달이나 계속됐다. 그동안 더 많은 지면이 필요한 일들이 일어났지만, 그들의 삶과 기적들, 그리고 그 불량 학교의 스승 모니포디오와 일행들의 이야기들은 다음 기회로 미루기로 한다. 그것은 모두 생각해볼 필요가 있는 것들로, 읽는 이들에게 모범적 사례가 되고 경각심을 고취시켜줄 것이다.

사기 결혼
El casamiento engañoso

바야돌리드의 푸에르타 델 캄포 밖에 자리 잡은 재활병원에서 한 병사가 걸어 나오고 있었다. 칼을 지팡이 삼아 걷는 모습이나 비쩍 마른 다리, 누르퉁퉁한 얼굴빛을 보아하니 아직 그리 무더운 때는 아니었지만 병원에 있던 스무 날 동안에 흘려버렸을 체액을 한 시간 만에 모아 담을 수 있을 듯했다. 아직 회복기에 있는 환자인지라 그는 조심스레 걸음을 내딛고 있었다. 막 성문으로 들어섰을 때 만난 지 여섯 달 이상이 지난 한 친구가 그에게 다가오는 모습이 보였다. 끔찍한 환영이라도 본 듯 그 친구는 성호를 그으며 그에게 다가와 말했다.

"이게 어찌 된 일이오, 캄푸사노 소위? 그래 당신이 정말 이곳에 있다는 게 사실이란 말이오? 한때 나와 함께 플랑드르에서 창을 들고 무공을 세우러 다녔던 사람이 여기서 이렇게 칼을 짚고 다니다니! 안색은 왜 그 모양이고, 몸은 왜 이리 여위었소?"

그러자 소위가 대답했다.

"페랄타, 내가 이곳에 있는지 없는지는 당신이 지금 이곳에서 나를 만났으니 그것만으로도 확인이 된 셈이고, 내 꼴이 이렇게 된 이유는 아내로 삼지 말았어야 했을 여자를 택하는 바람에 그 여자에게 병을 얻었고 지금은 병원에서 한증(汗烝) 치료를 받고 나서 퇴원하는 길이라는 것밖에는 더 이상 말할 게 없소."

"그러면 결혼이라도 했단 말이오?" 페랄타가 되물었다.

"아무렴요." 캄푸사노가 대답했다.

"사랑 때문에 그랬었나 보구려." 페랄타가 말했다. "그런 결혼이란 후회를 동반하게 마련일 텐데."

"꼭 사랑 때문이었다고 말할 수 있을지는 몰라도 남은 건 상처뿐이라는 건 확실히 말할 수 있소." 소위가 대답했다. "그렇게 결혼한 까닭에 육체적, 정신적 고통을 치렀다오. 육체적으로 즐긴 대가로 병원에서 한증 치료를 마흔 번이나 받아야 했고 마음의 상처는 치유할 방법조차 없을 정도였다오. 지금 여기 길거리에서 자세한 이야기는 할 수 없으니 양해하시구려. 훗날 내가 겪었던 일에 대해 편안히 이야기하리다. 아마 지금껏 당신의 생애를 통해 들은 어떤 이야기보다 새롭고 진기한 이야기가 될 거요."

"아니 그럴 것이 아니라 내 숙소로 가는 게 어떻겠소." 페랄타가 말했다. "거기서 우리 함께 고해 성사를 합시다. 내 집엔 환자에게 매우 좋은 요리가 있소. 두 사람 분량밖에 되지 않으니 하인은 빵을 먹으면 될 것이오. 회복기 환자가 먹을 수만 있다면 루테산 햄 맛도 볼 수 있을 것이오. 무엇보다 이번만 아니라 당신이 원하는 때는 언제든 당신을 대접하고자 하는 내 선의가 있지 않소."

캄푸사노는 고마운 마음으로 그의 초대와 환대를 받아들였다. 페랄타는 캄푸사노를 성(聖) 요렌테 성당으로 데려가 함께 미사를 올린 후 자신의 집으로 데리고 갔다. 그에게 얘기했던 음식을 차려주고 새로운 음식도 내놓았다. 그리고는 식사가 끝나자 그렇게 듣고 싶어하던 얘기를 해달라고 했다. 그러나 채 청하기도 전에 캄푸사노는 이미 운을 떼고 있었다.

"페랄타, 지금은 프랑다스에 있는 페드로 데 에레라 대위와 내가 한때 이 도시에서 하숙 동료로 함께 지냈던 것을 기억하지요."

"물론이지요." 페랄타가 대답했다.

"어느 날이었소," 캄푸사노는 이야기를 이어갔다. "우리가 묵고 있던 솔라나 하숙집에서 점심 식사를 막 끝냈을 때 품위 있어 보이는 두 여인이 하녀 둘을 데리고 안으로 들어옵디다. 그 중 한 여인은 창문에 서서 기댄 채로 대위와 이야기

를 시작했소. 그리고 또 다른 여인은 내 가까이에 있는 의자
에 다가와 앉았소. 그 여인은 망토로 턱까지 가리고 있어 여
인의 얼굴은 망토의 틈새로밖에는 볼 수 없었다오. 비록 내
가 망토를 좀 벗어달라고 간청을 하긴 했지만, 끝끝내 그녀
는 내 부탁을 거절했고 그녀의 그러한 행동은 오히려 그녀의
얼굴을 보고 싶은 내 충동에 불을 지핀 꼴이 되었소. 그런데
그때 여인은 의도적으로 나를 자극하기 위해서 그랬는지는
모르겠지만 값비싼 반지를 낀 희디흰 손을 내밀어 보였다오.
그때 당시에는 나도 꽤나 화려한 차림이었소. 당신도 금방
내 것이라고 알아볼 수 있을 바로 그 큰 금목걸이에, 깃털과
리본으로 장식된 모자와 군인들에게만 허용된 화려한 색상
의 옷을 차려입고 있었으니 그런 내 모습이 얼이 빠져 있던
내 눈엔 당당해 보였고 그래서 그 여자들에게도 자신만만할
수 있었단 말이오. 그러다가 나는 그 여자에게 망토를 좀 벗
어보라고 청했다오. 그러자 그 여자는 이렇게 대답했소.

  '서툰 짓 할 생각일랑 그만 하시고, 내게 집이 한 채 있으
니, 시동에게 나를 따르도록 하시지요. 비록 정숙한 이 몸이
당신의 요구에 응할 순 없겠지만 당신이 훌륭한 외모 이상의
신중한 분별력을 지니고 있다면 그 대가로 기꺼이 제 얼굴을
보여드리지요.'

  그녀가 보여준 호의에 나는 손등에 키스하는 것으로 감사
의 뜻을 표했으며 금덩이를 주겠다는 약속을 했다오. 때마침

대위 친구도 얘기를 끝냅디다. 그러고 나서 두 여자들은 밖으로 나갔고 나는 하인에게 여자들을 뒤따르게 했다오. 대위는 내게 말하기를 자기와 얘기한 여인은 플랑드르에 가 있는 사촌뻘 된다는 다른 대위에게 편지를 전해주었으면 한다고 했는데, 대위 생각엔 그가 정부임이 틀림없다고 합디다. 하지만 나는 좀 전에 본 그 여자의 투명한 흰 손 생각에 푹 빠져 있었고, 그녀의 얼굴이 보고 싶어 미칠 지경이었소. 드디어 다음날이 되어 나는 하인의 인도를 받아 그녀의 집을 찾아갔고 집 안으로 들어갈 수가 있었다오. 아주 잘 정돈된 집 안에는 서른 살은 족히 되어 보이는 한 여자가 있었는데 나는 손 모양으로 금방 그 여자를 알아보았지요. 그렇게 아름답지는 않았지만 이야기를 하다 보니 그녀에게 나는 친근감과 편안함을 느꼈다오. 이야기하는 그녀의 음색은 너무도 부드럽고 감미로워 귀를 통해 영혼 깊이 파고드는 것만 같았기 때문이라오. 나는 그녀와 애정 어린 긴 대화를 나눌 수 있었소. 허풍 떨고, 지껄이고, 줄 것은 주고, 약속도 하고, 그녀의 환심을 사기 위해 필요한 모든 것은 다 해보았다오. 그러나 그녀는 그런 입에 발린 소리에 익숙해 있었던 탓인지 이내 내 말을 믿기보다는 주의 깊게 듣기만 하는 것 같았소. 결국 우리의 대화는 그녀를 방문한 연 나흘 동안 겉돌기만 했고 내가 내심 바라던 결실은 얻어내지 못했다오.

그녀를 방문할 때면 언제나 그 집은 비어 있는 상태였소.

가짜 친척이든 진짜 친구든 그림자도 거기서는 보지 못했단 말이오. 다만 순진하기보다는 의뭉해 보이는 계집애 하나가 시중을 들고 있었다오. 결국 군인이기 때문에 부대를 따라 이동할 때가 되었고 사랑에 빠졌던 나는 에스테파니아 데 카이세도(이것이 나를 사로잡은 여인의 이름이었소) 부인을 졸라대기 시작했는데 그녀는 이렇게 대답했소. '캄푸사노 씨, 당신더러 나를 성녀로 생각해달라고 한다면 그건 바보짓일 겁니다. 나는 이전에 죄를 지었고, 지금도 죄인입니다. 그러나 이웃에 내 소문이 돌았거나 먼 곳에 있는 사람들이 내 이야기를 알고 있을 정도는 아니랍니다. 부모님이나 다른 어느 친척에게 어떤 유산도 물려받진 못했지만 제 집의 세간살이는 잘 받으면 2천 5백 에스쿠도는 받을 수 있을 겁니다. 이것들은 경매에 붙이기만 하면 내놓자마자 금방 돈이 될 겁니다. 이 재산에다가 이젠 나를 맡기고 순종할 수 있는 남편을 찾고 있습니다. 그동안의 삶을 청산하고 새롭게 삶을 시작할 것을 기꺼이 다짐해 보이며 그분을 위해 성심껏 섬기고 봉사하고 싶다고 간곡하게 말씀드리고 싶습니다. 나보다 더 맛을 잘 내는 일등 요리사는 없을 것이며, 음식을 만드는 재주로도 나보다 뛰어난 사람은 없을 것이니, 나는 주부가 되어 부엌일에 몰두하고 싶습니다. 나는 집에서는 집사요, 부엌에서는 주방장이요, 안방에서는 마님 노릇을 할 줄 압니다. 말하자면 사람들을 다룰 줄 알고 내게 복종하게 할 줄 안다는 애

기지요. 결코 아무것도 낭비하지 않으며, 돈을 모으는 이재
(理財)에도 능하지요. 나는 돈으로 그 돈 값어치 이하의 짓
은 하지 않습니다. 내가 하라는 대로 하면 오히려 몇 배 이상
의 가치를 갖게 되지요. 내가 입고 있는 이 흰 옷은 품질이
매우 좋은 것이지만 상점이나 의류점에서 가져온 게 아니랍
니다. 하녀들의 손과 내 이 손으로 손수 만든 것이지요. 집에
서 옷을 짤 수만 있다면 그렇게 할 겁니다. 내 이렇게 자화자
찬을 늘어놓는 것은 그렇게 해야 할 필요가 있을 때 욕을 늘
어놓는 것도 적절한 것은 아니라 생각하기 때문이지요. 마지
막으로 말씀드리고자 하는 것은 나를 섬기는 척하면서 욕지
거리나 해대는 기둥서방이 아니라 나에게 분부하고 나를 보
호해주며 명예롭게 살게 해줄 남편을 찾고 있다는 것입니다.
만일 당신이 저 같은 사람을 기꺼이 맡아만 주신다면, 뚜쟁
이들 입에 오르내리게 나를 팔고 다니지 않아도 될 것이고
당신의 모든 분부에 순종하며 언제나 이렇게 당신 곁에 있겠
습니다. 누구보다도 저와 결혼하는 것이 가장 어울리는 결합
일 겁니다.'
　그때 머릿속으로가 아니라 발꿈치에서 사리 판단을 하던
나는 상상 속에 떠오르는 것들 때문에 한없이 기뻐하면서,
큰 재산이 벌써 돈으로 바뀌어 당장이라도 굴러들어온 듯 그
만 기분 내키는 대로 말을 쏟아내고 있었소. 내 이성은 이미
족쇄가 채워져 있었더란 말이오. 그녀에게 내뱉기를 거의 기

적이나 다름없이 하늘이 당신과 같은 동반자를 내 의지와 내 재산의 주인마님으로 만들어주신 걸 보니 나는 복 많고 재수 좋은 놈이라고 했소. 내 재산은 금목걸이와 집에 있는 보석 몇 가지 그리고 군복 장신구들을 모두 합하면 2천 두카도 이상은 나갈 터이고, 거기에 그녀의 2천 5백 에스쿠도를 합치면, 은퇴한 뒤에 내가 태어나고 땅이 좀 남아 있는 고향 마을로 돌아가 살기에 충분하리라고 말했소. 그만한 재산이면 과일을 제철에 내다 팔아 돈을 모으면서 즐겁고 아늑한 삶을 충분히 살 수 있을 거라 생각했소. 결국 우리는 바로 결혼에 합의했고, 둘은 서로 처녀 총각임을 보여주기 위해 이리저리 술수를 부렸고 연속된 3일간의 부활절 휴일 끝에 성당에서 결혼 공시를 하고, 나흘째 되는 날 결혼을 마쳤다오. 결혼식엔 내 친구 두 명과 그녀가 사촌이라고 소개한 한 청년이 참석했지요. 그런데 그 사촌이라는 사람에게는 지금껏 아내에게 했던 것처럼 친척으로 매우 정중하게 대했는데, 내심 실제 의도는 기만적이고 나쁜 것이었으니 굳이 내뱉고 싶지는 않소. 왜냐하면 내가 진실을 얘기하고는 있지만, 고해 성사하듯 완벽한 진실은 아니니 말이오. 고해 성사라면 말하지 않고는 못 배기겠지요.

내 하인은 짐 트렁크를 하숙집에서 아내의 집으로 옮겼소. 그녀가 보는 앞에서 내 대단한 금목걸이를 거기 넣었소. 그녀에게 그렇게 크진 않지만 잘 세공된 다른 서너 개의 금목걸이와 다른 여러 가지 모양의 띠도 보여주었소. 나는 값나가는 옷과 깃털을 과시해 보이고, 살림에 쓰라고 가지고 있던 4백 레알을 그녀에게 넘겨주었소. 나는 부자 장인 집에서 지내는 가난뱅이 사위처럼 집에서 거드름도 피우고 결혼식 케이크도 먹으면서 엿새를 보냈소. 값비싼 양탄자를 디뎠고, 옥양목 시트에 뒹굴었고, 은촛대도 밝혀놓았소. 침대에서 아침을 먹고, 11시에 일어나 12시에 점심을 먹고, 2시에는 응접실에서 낮잠을 즐겼소. 에스테파니아와 그녀의 하인은 정성껏 내 시중을 들었고 그때까지 게으르고 멍청한 것으로 알았던 내 하인도 어느새 노루처럼 민첩하고 부지런해져 있었소. 에스테파니아는 내 곁에 없을 때는 언제나 부엌에 있었소. 부지런히 먹을 것을 준비해 내 취각을 일깨우고 식욕을 되살아나게 했소. 내 셔츠와 목덜미와 손수건에서는 레몬즙 향기가 났소.

이런 날들은 화살처럼 지나갔다오. 마치 시간의 영토에서 해가 지나듯이 말이오. 그동안 최상의 대접과 환대를 받았기에 처음 일을 벌일 때 품었던 나쁜 의도도 좋게 바뀌어가고 있었소. 그런 날이 끝나갈 무렵의 어느 아침 여전히 에스테파니아와 잠자리에 있었는데 길 쪽으로 난 문을 두드리는 소리가 크게 들려왔소. 하녀가 창문으로 얼굴을 내밀더니, 즉시 되돌아와서 말했소.

'아, 그녀가 벌써 오셨네요. 지난번 편지에 쓰셨던 날짜보

다 더 빨리들 돌아오셨네요.'

'누가 왔다고, 얘야?' 에스테파니아가 하녀에게 물었소.

'누구냐구요?' 그녀가 대답했소. '우리 마님 도냐 클레멘타 부에소지요. 돈 로페스 멜렌데스 데 알멘드레스 나리도 다른 두 하인과 함께 갔던 집사 오르티고사와 함께 오시는데요.'

'빨리 나가봐라, 얘야. 어서 문 열어드리고!' 그리고 내게 에스테파니아가 말했소. '여보, 당신은 제발 내가 부당한 얘기를 듣더라도 나를 거들겠다고 나서서 대꾸하거나 소란을 피우지 마세요.'

'그래 누가 당신에게 거슬릴 말을 하려 한단 말이오? 더구나 내가 이렇게 있는데 말이오. 말 좀 해보시오. 누군가가 온다고 당신이 법석을 떠는 것 같은데 그 사람들이 도대체 누구요?'

'지금은 대답할 때가 아닙니다.' 에스테파니아가 말했다. '지금 여기서 벌어지는 일들이 모두 다 이유가 있고 서로 짜고 하는 것이니 그 이유는 차후에 모두 알게 될 겁니다.'

그 이유를 되물으려 했지만, 이미 클레멘타 부인은 그 틈을 주지 않고 벌써 거실로 들어서고 있었소. 그녀는 금 장식이 수없이 달린 푸른색 비단 옷을 입고 있었고, 금 장식이 달린 비단 망토에, 값진 금 띠에 푸른색, 흰색, 그리고 살색의 깃이 달린 모자를 썼으며, 얼굴의 반은 얇은 베일로 덮고 있었소. 값비싼 여행옷 차림을 한 로페스 멜렌데스 씨도 그녀와 함께 들어왔소. 집사 오르티고사가 먼저 입을 열었소.

'맙소사! 이게 다 무슨 일이야? 우리 마님 침실을 차지한 게 아니오? 그것도 남자까지 끌어들여서? 이 집에 오늘 기적들이 벌어지네요! 에스테파니아가 틀림없이 마님의 우정을 믿고 마님의 머리끝까지 기어오른 겁니다!'

'맞네, 오르티고사!' 클레멘타 부인이 말했소. '그러나 내게도 잘못이 있지. 나는 친구조차도 제게 이익이 없으면 할 도리를 하지 않는다는 것을 결코 깨닫고 있지 못했던 거요.'

그에 대해 에스테파니아가 응수했지요.

'너무 끔찍하게 생각하진 마십시오, 클레멘타 마님. 그리고 지금 여기 당신 집에서 일어나고 있는 일이 이상할 것 없다는 것을 이해하십시오. 모든 상황을 알고 나시면, 저도 잘못한 게 없고 당신도 탄식하실 게 없을 것입니다.'

그때 이미 나는 신발을 신고 조끼를 다 입고 있었소. 갑자기 에스테파니아가 내 손을 끌고 옆방으로 데려가서 말하기를, 그녀의 친구가 함께 온 로페라는 남자와 결혼하려 하는데 지금 속임수를 써서 그 집과 집 안에 있는 모든 것들이 다 그녀의 것으로 믿게 하려 한다고 했소. 그걸로 지참금 목록을 보여줄 셈인데, 로페가 그녀를 워낙 사랑하므로 결혼해서 들통이 나도 별일은 없을 거라는 거였소.

에스테파니아는 이렇게 덧붙였지요. '나중에는 내 것을 다 되돌려준다고 했어요. 그러니 그녀나 혹은 다른 여자들이 비

록 속임수를 써서라도 어진 남편을 찾고자 하는 걸 나무라시
지는 못하겠지요.'

　나는 그녀의 행동이 친구간의 우정 치고는 지나친 것이며,
나중에 재산을 되찾으려 할 때 법에 호소해야 하는 경우가 생
길지도 모르니 먼저 신중히 생각해보라고 했소. 그러나 그녀
는 더 심각한 경우일지라도 클레멘타 부인의 뜻을 따라야 한
다는 이런저런 이유를 하도 많이 늘어놓기에 나도 결국 후회
하게 될 일이었지만 마지못해 그녀의 생각에 동의할 수밖에
없었소. 그녀는 단지 여드레면 사기극은 확실히 끝이 날 거라
면서, 그동안만 그녀의 다른 친구 집에 함께 머물자고 얘기했
소. 우리는 옷을 갖춰 입었고 그녀는 클레멘타 부인과 로페
멜렌데스 씨에게 작별 인사를 나누러 들어갔소. 그리고는 내
하인에게 트렁크를 지고 그녀를 따르게 했다오. 나는 아무에
게도 작별 인사를 하지 않은 채 그녀의 뒤를 따라나섰소.

　에스테파니아는 그녀의 친구 집 앞에 멈췄고 안으로 함께
들어가기 전에 그 친구와 한참 동안 이야기했다오. 얘기가
끝나자 하녀 한 명이 밖으로 나오더니 나와 내 하인을 들어
오라고 했소. 우리는 아주 협소한 방으로 안내되었는데, 침
대 두 개가 어찌나 가까이 붙어 있었던지 마치 한 침대처럼
보였고 양 침대의 시트는 서로 맞물려 있을 정도였다오. 어
쨌든 우리는 엿새 동안 그곳에서 지냈고, 그동안 어머니에게
도 내어줘서는 안 되는 집과 재산을 내어준 바보 같은 그녀

의 행동을 탓하면서 매일매일 다투며 지냈소.

그러는 동안 나는 종종 이곳저곳을 서성거렸는데, 어느 날 에스테파니아가 일이 언제 끝날지 알아보러 간 뒤에 집주인은 무엇 때문에 매일 그녀와 싸우는지 또 무엇이 완벽한 우정이 아니라 명백한 바보짓이었다며 사정없이 그녀를 몰아붙이는지 그 까닭을 알고 싶어했소. 나는 여주인에게 모든 것을 얘기했소. 내가 에스테파니아와 결혼한 사실과 그녀의 지참금, 또한 로페 같은 훌륭한 남편감을 얻으려는 선량한 의도가 있긴 했지만 클레멘타 부인에게 집과 세간살이를 내주는 엉뚱한 짓을 저지른 사실까지 얘기를 마치자, 주인집 여자는 아주 황급히 성호를 긋고 십자가를 그어대며 '맙소사, 맙소사, 망할 계집'을 연발합디다. 그녀의 반응에 내가 무척 당황해하자 내게 이런 말을 했소.

'소위 나리, 당신에게 사실을 털어놓는 것이 양심에 거슬리는 일인지는 모르겠지만 그렇다고 입을 다문다고 해도 마찬가지일 것 같네요. 하느님과 운명의 신에 맹세코, 진실이여 승리하고 거짓이여 꺼지라! 사실 에스테파니아가 당신에게 지참금이라 했던 그 집과 가재도구의 진짜 주인은 클레멘타 부인이랍니다. 에스테파니아가 한 말은 모두 거짓이지요. 그녀에게는 집도 없고 재산도 없고 입고 있는 것 외에는 다른 옷가지도 없답니다. 이런 사기극이 일어날 수 있었던 이유는 클레멘타 부인이 친척들을 방문하러 플라센시아 시로 갔기 때문이지요. 그곳에서 과달루페 성모 마리아에게 9일제를 지내는 동안 절친한 친구 에스테파니아에게 그녀의 집을 맡아 돌보아달라고 했던 거지요. 아무리 생각해봐도 가엾은 에스테파니아를 나무랄 수만은 없겠네요. 소위 나리 같은 분을 남편으로 얻는 법을 알았으니 말이지요.'

여기서 이야기를 끝냈는데 나는 절망감에 휩싸이기 시작했소. 만약 내 수호천사가 나는 기독교인이라는 것과 인간의 가장 큰 죄는 사탄이 주는 절망이라는 것을 마음속에 일깨워 날 구해주지 않았더라면 분명 절망감에 빠져 있었을 거요. 그런 생각이 다소 내게 기운을 내게 해주었소. 그러나 그다지 큰 위안은 될 수 없었기에 나는 외투와 칼을 갖추고 에스테파니아에게 응분의 대가를 치르게 할 생각으로 그녀를 찾아 나섰소. 하지만 일이 잘되려고 그랬는지 안 되려고 그랬는지 알 순 없지만 있을 법한 곳 어디에서도 그녀를 찾을 수 없었소. 성 요렌테 성당에도 갔었고 성모 마리아에게 의탁해보기도 했소. 그리고는 벤치에 앉아 잠이 들었는데 어찌나 깊이 들었는지 누군가 날 깨우지 않았더라면 그렇게 빨리 깨어나진 못했을 게요.

나는 고뇌와 시름에 잠겨 클레멘타 부인의 집으로 갔는데 그곳에서 편안히 휴식을 취하는 집주인 클레멘타 부인을 볼 수 있었소. 로페 씨가 앞에 있어 감히 아무 말도 꺼낼 수가 없었소. 그래서 나는 하숙집으로 되돌아갔소. 내가 들어오는

것을 본 주인 여자가 하는 말이 에스테파니아에게 그녀의 술
책과 속임수는 이미 탄로났다고 얘기했고 그러자 그녀가 되
묻기를 그 얘기를 들은 내 표정이 어떻더냐고 하기에 매우
좋지 않았다며 아마도 앙심을 품고 그녀에게 마땅히 벌을 주
러 찾아 나간 것 같다고 얘기했다고 합디다. 그러자 에스테
니파니아는 여행길에 입을 옷 한 가지만 남긴 채 내 가방에
있던 것을 몽땅 챙겨 달아나더라고 했소.

일은 그렇게 되었던 거요. 하느님이 다시 내게 시련을 내
리셨소!

달려가 가방을 보니 시체를 기다리는 묘처럼 입을 벌리고
있었소. 그 큰 불행을 예감하고 판단할 만큼 지혜가 있었더
라면 그 가방이 기다리는 시체가 바로 나라는 걸 알았을 텐
데 말이오."

이때 페랄타가 말했다.

"에스테파니아가 금목걸이와 반지를 가지고 달아났다니
큰일이었겠소. 흔히 말하듯 모든 슬픔은……"

"그걸 잃었다고 슬플 이유는 하나도 없었소." 알페레스 소
위가 대답했다. "속담 하나 곁들여 얘기해볼까요. 유대인들
사이에 흔히 말해지는 시무에케라는 자가 외눈박이 딸을 성
한 사람처럼 속여 시집보내려 했지만 막상 사위가 될 사람이
절름발이라는 사실은 몰랐을 것이라는 유대인 브라가스 얘
기의 속담 말이오."

"무슨 의미로 그런 얘길 하는 건지 모르겠소." 페랄타가 대답했다.

"무슨 뜻인고 하니…… 목걸이, 반지, 머리 장식 보따리 다해봤자 10 또는 12에스쿠도밖에는 안 나갈 거라는 말이오."

"말도 안 되는 소리…… 소위가 목에 걸고 다니던 목걸이는 2백 두카도는 나가 보였단 말이오." 페랄타가 대답했다.

"겉과 속이 같으면야 그랬겠지요. 하지만 번쩍인다고 다 금은 아니라는 말이 있지 않소. 목걸이며 반지며 보석이며 머리 장식 모두 다 그저 도금한 것에 지나지 않는 것이었다오. 그러나 하도 잘 만들어져서 시금석 검사나 불에 달구어 보지 않으면 가짜인지 구별할 수 없을 정도였소." 소위가 말했다.

"그런 식으로 당신과 에스테파니아는 서로를 속였군요." 페랄타가 말했다.

"하도 공평하게 속고 속여서 서로 바꾸어놓고 생각해도 아쉬울 게 없을 지경입니다. 그러나 가슴 아픈 것은 에스테파니아는 내 목걸이를 부수어버리면 그만이지만 그녀의 거짓말로 입은 내 마음의 상처는 치유할 수 없다는 데 있소. 더 괴로운 건 그녀는 내가 가장 아끼는 소유물이었다는 데 있소." 소위는 말했다.

"캄푸사노 씨, 다리가 있는 소유물이라는 것을 신에게 감사하시오. 그래서 가버렸고 찾아야 할 의무도 없다는 것을 다행으로 여기시오." 페랄타가 말했다.

"맞는 말이오. 하지만 찾지 않더라도 그녀는 언제나 내 생각 속에 남아 있고 어디를 가더라도 그 모욕은 떠나지 않을 거요." 소위가 대답했다.

"뭐라고 대답해야 할지 모르겠소. 그저 페트라르카의 시구 두 구절이나 들려드릴 수밖에는.

> *Che chi prendre dilleto di far frode;*
> *Non si de'lamentar s'altri l'inganna.* ——『사랑의 승리』, I

우리말로는 '남을 속이길 좋아하는 습관이 있는 사람은 속임을 당해도 불평할 수 없는 법'이라는 뜻에 해당하는 것이오."

"나는 지금 불평하는 게 아니라 슬퍼하는 것이오." 소위가 대답했다. "죄지은 자가 죄지은 것을 안다고 해서 벌의 고통을 느끼지 못하는 것은 아니니 말이오. 속이려다 속임을 당했으니 내 자신의 칼에 벤 것이 분명하오. 그러나 내 자신에 대해 불평하지 않을 만큼 감정을 잘 다스릴 수가 없다오. 마침내 내 소설(내게 일어난 일을 그렇게 부를 수 있소)의 대단원에 이르렀소. 우리 결혼식에 왔던 사촌이라는 작자가 에스테파니아를 데려갔다는 것을 알게 되었던 것이오. 그자는 오래전부터 여러모로 보아 그녀의 정부였던 거지요. 내게 없는 해악을 굳이 만들 필요는 없었으니 그녀를 찾고 싶지 않았소. 나는 숙소를 옮기고 얼마 되지 않아 머리 모양도 바꾸었소. 왜냐하면 머리카락과 눈썹이 빠지기 시작해서 나이도 들기 전에 대머리가 되었고 탈모증 비슷한 불분명한 이름의 대머리병을 얻게 된 것이오. 다듬을 수염도 쓸 돈도 없으니 나는 진짜 무일푼 대머리가 되고 말았소. 병세는 경제 사정과 마찬가지로 점점 악화되어갔소. 가난은 명예를 더럽히고, 어떤 이들은 교수대로 데려가고, 어떤 이는 병원으로 데려가며, 또 어떤 이는 애원하며 굴욕적으로 적의 문을 찾아가게 하는 것이므로 빈곤은 운 없는 사람들에게 일어날 수 있는 가장 큰 불행 중의 하나였다오. 나는 병세를 감추고 건강해 보이게 할 옷을 갖추는 데 돈을 쓰고 싶지 않았기 때문에 한 재활병원으로 들어가 한증 치료를 받았소. 병원에서는 스스로 관리만 잘하면 건강해질 거라 했다오. 나에겐 칼도 있고 다른 것도 있소. 하늘이 고쳐주시기를."

그의 이야기를 경탄하며 듣고 있는 페랄타에게 캄푸사노는 이렇게 얘기했다.

"하지만, 페랄타, 크게 경탄할 것까지는 없소. 앞으로 얘기하려는 또 다른 사건은 더 상상을 초월하는 것이니 말이오. 왜냐하면 있을 수 있는 자연 세계의 한계를 벗어나는 얘기이기 때문이라오. 내가 지금 말하려는 일을 볼 수 있게 나를 병원으로 데려간 내 불행이 오히려 잘된 일이라는 생각이

들었다는 것만 알아두었으면 하오. 당신 역시 이 얘기를 지금은 물론 나중에도 결코 믿기 어려울 것이며, 아마 세상에 이 얘길 믿을 사람은 아무도 없을 것이오."

새로운 얘기를 시작하려는 소위의 서두의 입담은 페랄타의 호기심에 불을 댕겼고 그는 그전 못지않은 열성으로 빨리 그 얘기들을 해달라고 조르기 시작했다.

"당신은 개 두 마리가 카파차의 두 형제들과 함께 밤에 동냥을 할 때 빛을 비추는 두 개의 등을 달고 돌아다니는 것을 아마 본 적이 있을 것이오." 소위가 말했다.

"그럼, 보았다오." 페랄타가 대답했다.

"아마 직접 보았거나 혹은 그런 얘기들을 들은 적이 있을 거요." 소위가 말했다. "만약 사람들이 창문으로 동냥거리를 던져서 그것이 땅에 떨어지면 그 개들은 그곳에 이내 불을 비춰 들고 쫓아와 떨어진 것을 찾고, 또 흔히 동냥을 잘해주는 곳의 창문 앞에 멈추어 서 있곤 한다오. 그렇게 하는 꼴이 하도 순해서 개라기보다는 양처럼 보이지만, 병원에서는 아주 열심히 집을 지키는 사자들의 모습을 한다오."

"나도 그런 얘긴 들었소." 페랄타가 말했다. "하지만 뭐 그런 일이 경이롭거나 경이로움을 줄 것 같진 않소."

"하지만 내가 지금 하는 그들의 얘기는 분명 경이로움을 주는 충분한 이유가 될 것이오. 성호를 긋거나 말도 안 된다거나 의문스럽다고만 하지 말고 한번 믿어보려고 해보시오.

나는 내 이 눈으로 직접 그 두 개가 말하는 것을 듣고 보았소. 한 개는 시피온이란 개고 다른 개는 베르간사라는 개였소. 그날은 한증 치료를 받는 마지막 밤이었소. 그날 밤 자정 무렵 나는 밤새 어둠 속에서 침대의 낡은 돗자리에 누워 불행한 지난 일들과 당시 일들을 생각하고 있었는데 그때 거기서 두 마리 개가 함께 얘기를 나누고 있었소. 나는 조심스레 귀를 기울여 듣고 있었소. 누가 말을 하고 있는지 또 무슨 얘기를 하는지 알아보려는 생각으로 말이오. 이내 누가 무슨 얘기를 하는지 알게 되었다오. 바로 시피온과 베르간사라는 그 두 마리의 개들이었다오."

그때 캄푸사노의 얘기를 듣기가 무섭게 페랄타가 일어서서 이렇게 소리쳤다.

"캄푸사노 씨, 당신이나 거기 오래오래 계시구려. 사실 지금까지 당신 결혼에 대한 얘기를 믿어야 하는지 말아야 하는지 망설이고 있었소. 하지만 지금 두 마리 개가 말을 했다는 얘기는 결코 믿을 수가 없소. 캄푸사노 소위, 앞으로는 나 같은 절친한 친구가 아니라면 누구한테도 그런 어처구니없는 얘기는 꺼내지도 마시오."

"기적 없이는 결코 동물들이 말할 수 없다는 것도 모르는 무지한 사람으로 나를 취급하진 마시오." 캄푸사노가 응수했다. "개똥지빠귀나 까치나 앵무새가 말을 한다면 그건 기억 속에 있던 단어들이고, 그 새들은 그것을 발음하기에 적합한 혀를 가지고 있다는 정도는 나도 알고 있소. 하지만 그렇다고 새들이 그 두 개들처럼 일관된 논리를 가지고 서로 말하고 답할 수 있는 것은 아니라오. 사실 개들의 얘기를 내가 직접 듣긴 했지만 나 스스로도 믿기가 어려웠소. 분명 깨어 있었지만 꿈이었을 거라고 믿고 싶었소. 신께 받은 내 모든 오감으로 듣고 귀 기울여 이해했고 마지막으로 단 한 자도 빠짐없이 받아 적었소. 그것을 보게 되면 지금 내가 하는 얘기가 믿기에 충분한 이유가 있다는 것을 알게 될 거요. 그들의 얘기는 무게 있고 난해해서 오히려 개들의 입이 아닌 현인군자의 입을 통해 말해질 만한 것이었소. 내 자신이 스스로 그런 이야기를 지어낼 수 있는 것이 아니었기 때문에, 내가 꿈을 꾸는 것이 아니라 실제로 개들이 얘기하고 있다는 것을 믿을 수밖에 없었소."

"맙소사!" 페랄타가 응수했다. "호박들이 말을 하던 마리 카스타냐의 시대나, 아니면 닭이 여우와 그리고 짐승들이 서로 얘기를 하던 이솝 시대가 다시 돌아왔다면 모를까!"

"그런 시대가 돌아왔다고 하면 나도 그것을 믿는 사람들 중 가장 잘 믿는 사람일 거요." 소위가 대답했다. "내가 들은 것과 내가 본 것, 내가 감히 맹세하는 것, 어쩔 수 없이 강요받아 감히 하는 맹세는 쉽게 믿지 못하는 내 마음조차 믿을 수밖에 없는 그것을 당신은 믿지 않는다고 해도 마찬가지로 그랬을 거요. 페랄타 씨, 내가 속았다 하더라도 혹은 꿈이었다 하더라도 혹은 난센스라 하더라도 그 견공들이, 또는 다른 무엇이었든, 그들의 얘기를 대화로 옮겨 쓴 것을 읽는 것은 즐거운 일이 아니겠소?"

"개들의 대화를 들었다고 당신이 그렇게 집요하게 주장하니, 정말 그 대화를 들어보고 싶군요. 게다가 당신이 재주껏 기록했을 테니 틀림없이 훌륭할 거요."

"그런데 문제가 하나 있소." 소위가 말했다. "아주 주의 깊게 들었을 뿐만 아니라 내겐 세심한 분별력과 뛰어난 기억력(건포도와 편도 열매를 많이 먹은 덕택이라오)이 있으므로 들리는 모든 것을 다 기억했소. 그리고 다음날 현학적 수식구로 색채를 더하거나 더 재미있게 만들려고 첨삭하는 것도 없이 단어 하나 빠트리지 않고 들었던 그대로 옮겨 썼다오. 대화는 하룻밤 만에 끝난 것이 아니라 연이틀 동안 이어졌소. 지금은 베르간사의 인생 이야기만 적었지만 이 얘기가 믿기든지 아니면 적어도 천대받지 않을 때 둘째 날 계속된 동료 시피온의 인생 얘기도 쓸 생각이오. 대화록은 품에 넣어 가져왔소. 이야기를 늘어지게 하는 '시피온이 말했다'라든가 '베르간사가 대답했다'라든지 하는 말 등을 절약하기 위해 대화 형식으로 썼소."

그는 이렇게 말하면서 품에서 노트 한 묶음을 꺼내 페랄타의 손에 쥐여주었고 페랄타는 그가 들은 모든 얘기와 읽게 될 모든 얘기를 조롱이라도 하는 듯한 웃음을 띠며 노트 한 묶음을 받아 들었다.

"꿈이든 난센스든 좋을 대로 생각하시구려. 당신이 그 얘기를 읽는 동안 나는 여기 의자에 누워 좀 쉬어야겠소. 혹시 읽다가 화가 난다면 언제든 집어치워도 좋소이다."

"당신 편할 대로 하시오." 페랄타가 말했다. "내 단숨에 이걸 읽어버리리다."

소위가 눕자 페랄타는 공책을 펴들었는데 첫 장에 제목이 다음과 같이 씌어 있었다.

바야돌리드 시 공원 문 밖에 있는
흔히 마우데스의 개들이라 불리는
재활병원의 견공들
시피온과 베르간사 사이에
일어난 이야기와 대화

도덕적 모범성과 미학적 모범성

세르반테스(Miguel de Cervantes Saavedra, 1547~1616)가 근대 소설의 효시가 된 『돈 키호테Don Quixote』(1605)를 쓴 소설가라는 것은 익히 알려져 있다. 『돈 키호테』는 소설의 효시로서뿐만 아니라 이성적인 동시에 맹목적이기도 한 인간의 이중적 단면을 걸출하게 묘사해낸 불후의 명작으로 꼽혀왔다. 그러나 그에 못지않게 근대 소설 발전에 기여했던 『모범 소설집 Novelas exemplares』(1613)은 『돈 키호테』만큼의 명성이나 평판을 누리지 못했다. 도덕주의에 가려 있던 흥미 본위의 원리를 소설이 추구해야 할 최고의 가치로 내세운 세르반테스의 실험 문학 정신은 『돈 키호테』에 앞서 이미 『모범 소설집』에서 발휘되고 있었음에도 불구하고 말이다.

세르반테스는 『모범 소설집』 서문에서 자신이 스페인어로 소설을 쓴 최초의 작가라고 자임하고 있다. '모범적'이라는 말은 물론 도덕적 귀감을 소설 쓰기의 목적으로 삼았다는 말이다. 그것은 스페인 문학이 동방 문학으로부터 받은 도덕 문학 전통의 잔재로 파악할 수도 있는 것이다. 그러나 최초의 소설가임을 자처하는 세르반테스에게 모범적이라는 말은 간단하게 도덕적 모범성만으로 매듭 지어질 수 없다. 이야기의 내용이 아니라 형식의 혁신을 통해서만 최초의 소설가다운 독창성을 보여줄 수 있었을 것이니 말이다. 모범성에는 은연중에 내용의 도덕성이 아니라 형식의 귀감을 지향하는 세르반테스의 자긍심이 내포되어 있었던 것이다.

사실, 세르반테스의 시대라면 도덕적인 것과 미적인 것은 구태여 구별될 성질의 것이 아니었다. 네오플라토니즘의 사상적 조류가 아직은 세르반테스의 인문주의 정신의 한 자락에 자리 잡고 있었을 터이니 진실과 선과 아름다움은 그저 하나였을 것이니 말이다. 그리고 보면 세르반테스가 두 가지를 서로 다른 차원의 가치로 이해했다고 여기는 것은 요즈음 현대의 우리들 생각이다. 실증적이며 분류법적 사유가 지배하는 과학의 시대를 살고 있는 우리들에게 도덕적인 것은 곧 아름답다는 등식은 쉽게 용납되지 않는 것이다.

어쨌거나 『모범 소설집』이 보여주려 했던 도덕적 가치는 우리들에게 진부해지고 말았지만 여전히 발생기 소설의 소설적 흥미로움을 잃지 않고 있다. 이 소설집을 통해 세르반테스의 독창적 작가 정신과 걸출한 이야기꾼으로서의 면모는 변함없이 재확인되고 있는 것이다. 그것은 17세기 스페인이라는 국지적 공간과 시대의 이야기를 공간을 넘고 시간을 초월하는 보편적 이야깃거리로 재창조할 수 있었던 시적 능력을 가리키는 것이기도 하다.

『모범 소설집』은 모두 12편으로 제일 먼저 씌어진 작품은 1590년의 「집시 처녀」이고 나머지 소설들은 소설집이 출간된 1613년까지 꾸준히 그리고 간헐적으로 씌어졌던 것으로 추정된다. 이후 『모범 소설집』의 다채로운 소재와 일화들은 영국, 프랑스, 이탈리아 등 유럽 문학 전반에 걸쳐 커다란 반향을 불러일으키며 개작이 되풀이되기도 하고 많은 작가들의 영감의 원천이 되기도 했다. 독특하고 다채로운 소재는 물론, 생동감 넘치는 현장감, 사실성 넘치는 삶의 모습, 그리고 무엇보다 면밀한 관찰력에 풍자적 재치가 눈길을 끌었던 것이다. 특히 극작가들의 관심을 많이 끌어 수많은 희곡 작품들의 모티프가 되고 개작되면서 무대 위에 올려졌다. 스페인 극작가들은 물론 스페인 밖의 유럽 문호들도 예외가 아니었다. 플레처Fletcher, 롤리Rowley, 미들턴Midddleton 등이

『모범 소설집』의 소설을 개작했는가 하면 뒤에 스콧Walter Scott은 처음 소설을 쓸 때 『모범 소설집』에서 영감을 얻었다고 했고 괴테는 『모범 소설집』을 일컬어 '즐거움의 보고'라고까지 했다.

요즘 읽어도 『모범 소설집』 읽기의 흥미와 즐거움은 여전하다. 권선징악 전통의 민담 양식 소설이든 상황 반전의 아이러니 기법을 보여주는 보다 근대적인 진전된 양식의 소설이든 세르반테스는 독특한 서사 형식과 문제의식을 통해 이야기를 현재화하고 보편적 가치를 담아낸다. 아름답고 재기 발랄한 집시 처녀와 귀족 가문 출신의 젊은이 사이의 사랑을 다룬 「집시 처녀」나 미모의 주막집 하녀와 역시 귀족 자제와의 사랑을 그린 「고명한 하녀」가 아나그노르시스 기법을 이용해 이상화된 주인공들의 이상주의적 해피 엔딩 플롯 구성으로 권선징악의 끝을 맺고 있다면, 구혼 받는 창부의 구혼 받기 위한 속임수와 구혼자의 기만이 교차하는 「사기 결혼」이나 젊은 아내를 지키기 위해 철옹성을 쌓는 노부(老夫)의 좌절을 그린 「늙은 남편의 의처증」은 도덕적 귀감보다는 인간의 의지와 상반되는 운명의 아이러니를 그려낸 소설들이다. 이들 소설을 읽는 재미는 인물의 개성과 스토리 구성의 면밀함에도 있지만 무엇보다 작품이 담고 있는 주제의 변함

없는 현재성이다.

여기에 번역된 첫번째 단편 「유리 학사」는 인간의 이성에 내포된 광기와 비이성 가운데 드러나는 예지를 삽화적 이야기 형식으로 보여주고 있다. 자신의 몸이 유리로 되어 있다고 믿는 실성한 인물이자 동시에 재기 충천한 독설과 풍자를 내뿜는 놀라운 재담꾼인 미치광이 주인공 토마스는 근대 사회에 보편적으로 대두되었던 이성과 비이성 사이의 인식론적 긴장을 보여준다. 그것은 인간에게 불멸의 영혼을 귀속시켜주었던 스콜라적 이성에 대한 회의라고도 할 수 있으며 불확실성 시대의 우울증을 경험하던 근대 서구인들의 자화상이라고도 할 수 있다.

그런 의미에서 「유리 학사」는 편력 기사의 광기와 우수를 다룬 『돈 키호테』와 궤를 같이하는 단편이다. 『돈 키호테』와 「유리 학사」를 관통하는 또 하나의 주제는 문무(文武) 논쟁에 관한 것이다. 걸출한 문호인 동시에 용맹한 무인이었던 세르반테스는 1571년 터키군을 상대로 싸운 레판토 해전에서 왼팔을 잃는 불운을 겪었지만 전장에서 보여준 그의 투혼과 전사 정신은 인구에 회자될 정도였다. 그가 남긴 불후의 걸작 『돈 키호테』는 세르반테스 자신의 문무 정신과 그에 대한 시대적 문제의식의 결실이었다. 봉건 기사의 후예임을 자처한 편력 기사 돈 키호테는 유명한 문무론(『돈 키호테』 1부 38장)에서 문에 대한 무의 가치 우위를 논하였다. 물론 그것은 이미 시대착오적인 미치광이 편력 기사의 억지 논리에 불과했다. 르네상스 시대의 기사 계급은 왕실의 가신들로 변신하여 궁정 사회의 문화 양식을 창조해내지 않으면 안 되었으며 평화 시대를 구가한 궁정 문화는 전사의 정신만큼 문예적 자질을 요구했던 것이다. 문무 논쟁은 바로 이러한 시대적 환경에서 배태된 것이다. 「유리 학사」의 주인공 토마스는 돈 키호테의 광기와는 달리 기사소설에 대한 편집증 때문이 아니라 약물 중독으로 미치광이가 되었지만, 무예의 길을 궁극적으로 선택하는 이야기의 결말은 『돈 키호테』에서와 다를 바 없이 무의 우위를 확인시켜준다. 토마스는 어려서부터 꿈꾸어왔던 학문의 길을 포기하고 조국 스페인을 위해 전장을 삶의 무대로 선택했던 것이다. 그것은 지식의 자족적 경계를 벗어나 공민적 가치 실현에서 자기 완성을 찾은 세르반테스의 인문주의적 이상을 표현해준 것이다.

물론 세르반테스의 인문주의 사상에는 도덕주의적이고 현실주의적인 반종교개혁의 보수적 이데올로기가 중첩되어 있다. 그러한 기독교 인문주의 정신은 또 다른 소설 「늙은 남편의 의처증」에서도 명료하게 드러나 있다. 이 소설은 한 노인이 젊은 부인의 도덕적 결벽을 지키기 위해 기울이는 집요한 노력과 그 불가피한 좌절에 대한 반성적 성찰을 곁들이고 있다. 스페인 중서부 에스트레마두라 지방 출신인 카리살레스는 젊어서 재산을 탕진하고 아메리카로 건너간 지 20년 만에 상당한 재산가가 되어 스페인으로 귀향한다. 카리살레스는 스페인 내륙으로부터 남쪽으로, 즉 에스트레마두라에서 세비야로 진출한 국토 수복 전쟁의 전사인 동시에 세비야를 통해 아메리카로부터 막대한 부를 벌어온 아메리카 풍운아로 스페인 전사의 일생의 전형을 보여준다. 그러나 대를 이을 자식이 필요해 예순여덟의 나이에 겨우 열서너 살 된 레오노라를 부인으로 맞아들이게 된 카리살레스는 젊은 부인을 바깥 남자들로부터 차단하기 위해 집을 철옹성 감옥으로 만들었다. 옷 만들어주는 남자의 접근까지도 막으려 레오노라와 체형이 근사한 다른 여자를 모델로 쓸 정도로 철저하게 아내를 관리했다. 불안과 질투심에 휩싸인 노부는 제 집에 수컷이라고는 짐승 새끼 하나 들여놓지 못하게 했거니와, 거리 쪽 창문의 시야를 봉쇄했으며, 문이란 문은 모두 이중문으로 만들고 겹겹이 자물쇠를 채웠다. 그러나 노인은 끝내 운명의 침입자를 막아내지 못했다. 풍류에 능한 세비야의 한량 로아이사는 타고난 음악적 재능과 노래 솜씨를 발휘해 집을 지키던 하인이 빗장을 풀게 했고 마침내는 레오노라의 침실 열쇠까지 손에 넣었다. 그래도 레오노라의 완강한 거부로 목적을 이루는 데는 실패했다. 그러나 동숙 장면을 목격한 노인은 타오르는 노여움과 복수심을 달랠 길 없었다. 아내가 젊은 사내의 요구를 거절하고 순결을 지켰던 사실을 알 리 없었던 노인은 마침내 모두에게 관용을 베풀면서 죽음을 맞는다. 어떤 노력으로도 사람의 힘으로 인간의 본성을 가둘 수는 없었다. 카리살레스의 성채는 성의 금기를 지켜주는 요새가 아니라 오히려 부정과 부패의 온실이 된 것이다. 카리살레스는 자신의 표현대로 '누에처럼 죽을 집을 제 손으로 지은' 사람이었으며, '스스로 제 생명을 끊을 독소의 제조인'이 되고 만 것이다.

여기서 「늙은 남편의 의처증」은 나이 많은 노인과 나이 어린 여자 사이의 불합리한 결혼 풍속에 대한 풍자를 읽게 해줄 뿐만 아니라 17세기 스페인 사회의 여러 가지 단면을 비춰준다. 그러나 무엇보다도 「늙은 남편의 의처증」은 덕성보다 악덕에 기울기 쉬운 보편적 인간 본성의 단면을 탁월하게 그려내고 있다는 점에서 주목받을 만한 작품이다. 그러나 한 걸음 더 나아가, 그러한 불가피한 결함에도 불구하고 그것을 극복하려는 끊임없는 자정과 자기 완성 노력이 돋보인다. 카리살레스가 죽음에 직면하여 보여주는 지난 과오에 대한 면밀한 성찰, 관용과 화해의 정신, 반성을 통한 지적 도덕적 자기 수련 과정은 사랑과 자유를 향한 세르반테스의 스페인 인문주의 정신을 거듭 확인해준다. 죽어가는 카리살레스와 자신의 결백을 거듭 다짐하는 레오노라와의 마지막 포옹은 그런 의미에서 상징적이다.

세르반테스의 풍자 정신은 「유리 학사」나 「늙은 남편의 의처증」에서보다 「린코네테와 코르타디요」에서 한결 다채롭다. 「유리 학사」의 토마스에게서도 피카로적 인물 유형의 일단을 관찰할 수 있지만, 「린코네테와 코르타디요」는 여러 가지 면에서 피카레스크소설 유형과 닮아 있다. 천민으로 태어나 위선과 기만에 찬 사회에서 용납될 수 없는 부도덕한 수법으로 생존해가는 두 피카로들의 눈을 통해 당시 스페인 하층 사회의 삶과 풍속을 진솔하게 재현해내고 있을 뿐만 아니라 사회적 불의와 부조리에 대한 신랄한 풍자와 기발한 언어적 재치가 돋보이는 작품이다. 이러저러한 이유로 집을 나온 두 젊은이 린코네테와 코르타디요가 함께 여행하면서 겪게 되는 다양한 집단의 풍속이 이야기의 주류를 이루고 있다. 여러 일화들을 이들 두 주인공을 통해 사열식으로 엮어낸 점이나, 이들의 눈을 통해 사회의 그늘진 구석들을 관찰할 수 있게 해준 서사 형식은 피카레스크소설의 원형을 전수받은 것들임에 틀림없다.

「린코네테와 코르타디요」는 두 피카로의 행위 궤적뿐만 아니라, 그들이 동참하고 관찰하는 다른 유형의 피카로들의 행적까지 담고 있다. 둘은 도둑질을 안전하게 하기 위해 세비야의 불한당 집단에 들어간다. 그 집단은 일종의 결사 조직으로 나름의 규칙과 의리와 의식을 갖고 있다. 그들은 주로 도둑질로 생계를 유지하지만, 예배를 보고 헌금을 내는 등 기독교적으로 지켜야 할 모든 일을 엄격하게 준수한다. 종교적 양심에 어긋나는 일은 가능한 한 피하는 것을 도리로 한다. 그러나 도둑질에 대한 고해 성사는 하지 않는다. 용서받기 이전에 도둑질한 전리품을 되돌려주어야 하므로 그들의 직업을 유지할 수 없기 때문이다. 이들 피카로들이 종교적 양심이 요구하는 대로 선을 행하고 그에 따라 내세의 구원을 얻게 되리라는 순진한 믿음을 견지하고 있음은 주목할 만하다. 그들에게는 종교란 오로지 외형적 의식으로 존재하는 것이어서 정신이나 영혼의 실체에 대한 관심은 부족하다. 반종교개혁 시대에 종교 재판의 채찍은 매서웠지만, 종교적 양심은 점차 형식화되어가는 데 대한 풍자로 읽을 수 있다.

「사기 결혼」은 「사기 결혼과 견공들의 대화」의 전반부 소

설이다. 이 작품은 하나의 소설로 이어져 있지만 사실은 별
개의 두 소설이 합쳐진 것이다. '견공들의 대화'는 '사기 결
혼'의 주인공이 듣고 전사해낸 이야기 형식을 취하고 있으므
로 소설 속의 소설인 셈이다. 「사기 결혼」에서는 「유리 학
사」의 서사적 갈등과 바로크적 긴장 구조가 한결 더 강화된
다. 기만하는 자가 기만당하는 반전 구조는 「사기 결혼」에서
도 거듭된다. 오랜 친구 사이였던 소위(少尉) 캄푸사노와 학
사(學士) 페랄타의 재회에서 시작되는 「사기 결혼」은 결혼한
캄푸사노가 친구 페랄타에게 에스테파니아라는 여자에게 속
아 결혼하게 되는 과정과 그녀에게서 얻은 매독으로 40일 간
의 치료를 받게 된 경위를 이야기하는 식으로 이루어져 있
다. 처음에 여자에게 기만당하는 것은 캄푸사노였다. 온몸을
가리고 반지 긴 하얀 손의 일부만으로 그를 유혹한 에스테파
니아에 이끌려 그녀가 주인이라고 속인 집에 들어가 결혼식
을 올린다. 진짜 집주인이 예기치 않게 일정을 앞당겨 돌아
오자 그녀는 캄푸사노의 금목걸이를 훔쳐 달아난다. 속은 것
은 분명 남자이다. 그러나 뒤이은 캄푸사노의 고백은 상황을
반전시킨다. 에스테파니아가 훔쳐간 금목걸이는 가짜였으니
먼저 속임수를 시작한 것은 캄푸사노였기 때문이다. 그는 속
이려다가 속임을 당한 것이다. 그리고 그를 속인 에스테파니

아도 속임을 당한 것이다. 이러한 반전의 반전, 역설, 상황의 교차가 일으키는 불안정성은 스페인 바로크 예술의 미학적 특징을 이루고 있다. 그것은 르네상스기의 균형과 조화 그리고 명료의 미학에 대해 불균형과 부조화 그리고 심미적 역동성을 생산하는 것이다. 사기 결혼의 기만이 누구에게도 귀책될 수 없는 불안정한 결말, 진위의 논쟁을 접어둘 수밖에 없는 불가피한 상황 설정에서 비롯된 불확실성 앞에서 겪는 당혹감은 분명 바로크의 미적 체험을 확인시켜주는 동시에 세르반테스가 추구한 실험적 창작 정신의 일단을 명증하게 보여주는 것이다.

다른 모범 소설들도 위에 소개된 4편에 못지않게 다양한 소재와 형식을 통해 당대 스페인인들의 삶의 모습을 생동감 있게 그려냈을 뿐만 아니라 근대 소설의 발달 과정에서 이야기 형식의 새로운 지평을 열어가고 있었다. 뿐만 아니라 『모범 소설집』에는 르네상스의 낙관적 세계관과 바로크의 염세주의가 반종교개혁 시대에 잉태되고 있던 근대 정신 가운데 교차하고 있다. 거기에는 기원 2세기에 기독교를 전수받은 스페인인들이 장구한 세월에 걸쳐 대 이슬람 국토 수복 성전을 치르면서 구축한 가톨릭 제국이 쇠퇴해가던 역사적 배경이 깔려 있다. 프로테스탄트 운동의 확산으로 폐쇄적 가톨릭 사회가 맞게 된 균열과 정신적 불안은 스페인인들로 하여금 다른 서구인들과 또 다른 차원의 근대를 경험하게 했으며 또 다른 의미의 좌절과 우수에 빠져들게 했던 것이다. 그러한 『모범 소설집』의 역사적 배경은 이야기 구성의 흥미로움과 더불어 거기에 스페인 사회와 문화 그리고 스페인인들에 대한 우리들의 이해와 관심을 불러일으키기에 충분하다.

12편의 단편 중 4편만을 선택하게 된 것은 출판사의 기획 의도에 맞추려는 데서 비롯된 것이지만 선택 과정에서 불가 피하게 역자의 주관적 기준이 개입할 수밖에 없었음은 물론 이다. 흥미 본위의 소설보다는 풍자적 아이러니가 두드러지 는 작품에 더 관심을 가졌던 것도 그 한 가지 예이다. 그러나 이러한 선택 기준이 바람직했던 것인지는 오로지 독자들의 판단에 맡길 일이다. 번역의 어려움이야 항상 느끼는 일이지 만, 『모범 소설집』에 풍부하게 구사된 비유와 경구, 재담들 은 물론, 인물들의 신분과 직업, 성과 나이에 어울리는 우리 말 표현을 적확하게 찾아내기란 거의 불가능하였다. 원 작품 들의 의미나 해학 정신이 온전히 옮겨졌으리라고는 감히 자 부하기 어렵다. 어려운 가운데에도 더욱 온전하게 번역되고 다듬어졌다면 함께 노력해준 서울대학교 서어서문학과 대학

원생들의 수고 덕택이었다. 마지막으로 번역을 독려해주신
이인성 선생님과 기꺼이 출판을 맡아주신 문학과지성사에도
감사의 말씀을 드린다.

2003년 봄

김춘진

작가 연보

1547   스페인 수도 마드리드 근교 알칼라 에나레스에서 9
        월 29일경 태어나 10월 9일 가톨릭 세례를 받았다.
1566   스페인 각 지방을 전전하다가 마침내 마드리드에
        정착하였다.
1568   에라스무스를 추종하는 스페인 인문주의자 환 로
        페르 데 오요스가 마드리드에 세운 학교에서 수학
        하였다.
1569   결투로 상대방을 상해한 혐의로 세르반테스에게
        구급 영장이 발부되었다. 그러나 소설가 세르반테
        스인지 동명이인인지 밝혀지지 않았다. 같은 해
        10월 세르반테스는 로마에 도착하였다.
1570   로마에서 추기경 아쿠아비바의 문하에 들어갔다.

1571	베네치아와 교황청, 그리고 돈 환 데 아스투리아 휘하의 스페인의 연합 함대가 레판토 해전에서 터키에 승리하였다. 세르반테스는 이 해전에 참전해 용맹을 날렸으나 부상을 당해 왼팔을 잃었다.
1572~3	나바리노와 튀니지 파병에 참전하였다.
1575	스페인으로 귀환 도중 해적선에 나포된 뒤 알제리아 포로 수용소에 구금되었다.
1576~9	네 차례에 걸쳐 수용소 탈출을 시도했으나 모두 실패하였다. 그러나 그로 인해 처벌받지는 않았다.
1580	콘스탄티노플로 이송될 때 트리니타스 수사들의 도움을 받아 보석으로 석방되었다.
1582~3	마드리드에서 세르반테스의 희곡이 처음으로 무대에 올려졌다.
1584	안나 프랑스 데 로하스와의 사이에서 딸 이사벨이 태어났다. 카탈리나 데 살라사르와 결혼하였다.
1585	『갈라테아』 1편을 출간하였다.
1587	무적함대의 보급창에서 일하였다.
1590	왕실에 아메리카의 일자리를 청원했으나 거절당하였다.
1592	회계 부정으로 카스트로 델 리오 감옥에 일시 투옥되었다.
1594	그라나다에서 국세 징수원이 되어 안달루시아와

카스티야 지방에서 징세업무를 수행하였다.

1597 9월 재정 회계 부실로 투옥되어 이듬해 4월 석방되었다.

1604 부인과 누이들과 바야돌리드에서 재결합하였다.

1605 『돈 키호테』 1편이 출간되었다. 세르반테스의 집 앞에서 가스파르 에스펠레타라는 자가 결투하다가 살해되고, 세르반테스는 부도덕하고 무절제한 행동을 사유로 구금되었으나 곧 석방되었다.

1607 가족과 함께 마드리드로 이사하였다.

1610 나폴리 부왕으로 취임하는 레모스 백작의 수행원이 되고자 했으나 좌절되었다.

1612 마드리드의 문단과 아카데미에 참여하고 활동하였다.

1613 알칼라 에나레스로 돌아와 프란시스코 교단의 수도회원이 되었다. 『모범 소설집』을 출간하였다.

1614 장시 『파르나소로의 여행』을 출간하였다. 알론소 페르난데스 데 아베야나다가 위작 『돈 키호테』 2부를 발표하였다.

1615 『여덟 편의 희곡과 막간극』을 발표하였다. 『돈 키호테』 2편도 출간되었다.

1616 4월 19일 『페르실레스와 세히스문도』의 헌사를 쓰고, 4월 22일 세상을 떠났다.

제3영역: 세계의 산문